Romeo and Juliet

로미오와 줄리엣

* 일러두기

윌리엄 셰익스피어의 희곡 『로미오와 줄리엣』을 원작에 충실하게 소설화하였습니다.

Romeo and Juliet

로미오와 줄리엣

윌리엄 셰익스피어 원작 |
김미조 편 | 규하 그림

인디고 lovecolor indigo

Contents

달빛 아래 주고받은 첫 키스,
사랑의 맹세,
불꽃 같은 사랑,
눈처럼 하얀 순수함,
암흑 같은 죽음으로 완성된
영원한 사랑 이야기가 시작된다.

만약 보이지 않는 붉은 실이 있다면 분명 그와 그녀
의 사이를 운명처럼 엮어 놓았을 것이다. 운명, 그 외
의 단어로는 설명이 불가능한 일이었다. 그녀를 발견
한 이후로 계속해서 뛰는 심장이나 그녀를 제외한 모
든 인간이 세상에서 사라져 버린 것을 설명할 만한
다른 단어는 존재하지 않았다.

_ 〈순간이 아니라 영원이기를〉 중에서

01
오래된 싸움

"난 몬터규 집안의 개만 봐도 화가 나."

삼손은 가래침을 내뱉듯이 말했다. 하지만 그 말을 하는 순간에도 왜 화가 나는지는 생각하지 않았다. 심지어 정말 화가 나는지조차 몰랐다. 그냥 화가 나야 했다. 언제부터인가 몬터규의 사람들은 그에게 그런 존재들이 되어 있었다.

"주인들의 싸움인데, 우리까지 화를 낼 필요가 있나?"

그레고리는 혼잣말을 하듯 중얼거렸다.

"뭐라는 거야?"

"그렇게 노려보지 마. 싸울 땐 용감하게 나설 테니까."

"싸우기 위해 필요한 건 분노야."

삼손은 다시 쐐기를 박았다.

"누가 뭐래? 주인의 적은 우리의 적이야. 그렇지만 지금은 화를 가라앉혀. 눈을 씻고 봐도 몬터규의 개조차 보이지 않으니까."

그레고리의 말대로 시장이 들어선 광장은 그 날 장사를 준비하는 상인들과 이른 아침부터 장을 보러 나온 사람들로만 북적였다.

"제길, 내가 얼마나 용감한지 보여줄 기회조차 없다니."

삼손은 못내 아쉬워하며 입맛을 다셨다.

"누구한테 보여주고 싶어 안달하는 거야? 이곳엔 칭찬을 해줄 주인도, 네가 좋아하는 여자도 없는데……."

그레고리는 말을 하다 말고 삼손의 옆구리를 쿡 찔렀다. 청과물 가게 모퉁이를 돌아서 나오는 두 명의 남자가 몬터규의 하인들인 걸 알아차린 것이다. 그들도 삼손과 그레고리를 발견하고는 아주 짧은 순간이나마 흠칫 놀라는 기색을 보였다. 그러나 곧 야릇한 미소를 짓고는 거드름을 피우는 발걸음으로 이편으로 다가섰다.

"일단 그들이 먼저 싸움을 걸게 하자. 그래야 법적으로 우리가 유리해질 테니까."

삼손은 몬터규의 하인들에게서 시선을 떼지 않으며 그레고리에게 귓속말을 했다.

"바로 달려들 줄 알았는데, 그런 잔머리는 어디서 배운 거야?"

"싸움은 용감하게, 뒤처리는 깔끔하게! 주인에게 피해를 입힐수는 없지."

"그럼 난 인상을 쓸게."

"좋아, 난 엄지를 깨물 거야. 그게 더 기분 나쁠 테니까."

캐풀렛의 하인들이 그 같은 모의를 하는 동안, 몬터규의 하인들은 바로 코앞까지 다가와 있었다. 그레고리는 약속대로 얼굴을 잔뜩 찡그렸고, 삼손은 엄지를 깨물었다. 몬터규의 하인들, 그러니까 아브람과 발사자는 그 모습을 보고선 걸음을 멈췄다.

"우리에게 엄지를 깨물었지?"

아브람이 신경질적으로 물었다.

"그냥 내 엄지를 깨문 건데?"

"우리 보라고 한 거잖아!"

"내 엄지를 내가 깨문 거라니까."

"계속 거짓말이군, 비겁하게."

"뭐? 지금 나하고 싸우자는 거냐?"

"누가 먼저……."

"감히 싸움을 걸어?"

삼손은 말이 끝나기가 무섭게 칼을 뽑아들었다. 그것을 신호로 나머지 세 사람도 칼을 뽑아드는 바람에 네 명의 남자는 순식간에 칼끝으로 얽혔다. 차가운 금속끼리 부딪히는 소리가 뜨거운 햇볕을 받은 땅을 쩽쩽 갈라놓았고, 샴쌍둥이처럼 한마음으로 서로를 죽이려는 증오가 팽팽한 긴장감을 자아냈다. 그들 곁으로 사람들이 몰려들었다. 언제나 그렇듯이 싸움은 강력한 흡인력으로 평온한 일상을 지키고자 하는 사람들까지도 흥분에 휩싸이게 만들었다. 사람들은 각자 지지하는 가문의 편에 서서 몽둥이나 몽둥이에 버금가는 물건을 들고 서로의 머리나 가슴을 공격했다. 여기저기에서 가판대가 뒤집어지면서 우르르 쏟아지는 물건들이 길을 어지럽히는 가운데 몇몇 남자들은 끊임없이 소리를 질러댔다.

죽여라!

캐퓰렛의 편에 서 있는 자와 몬터규의 편에 서 있는 자의 분

15

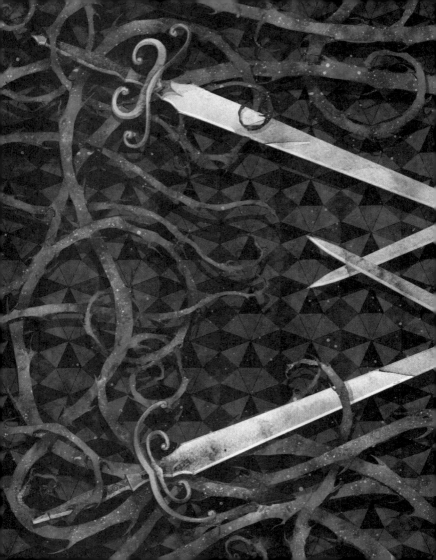

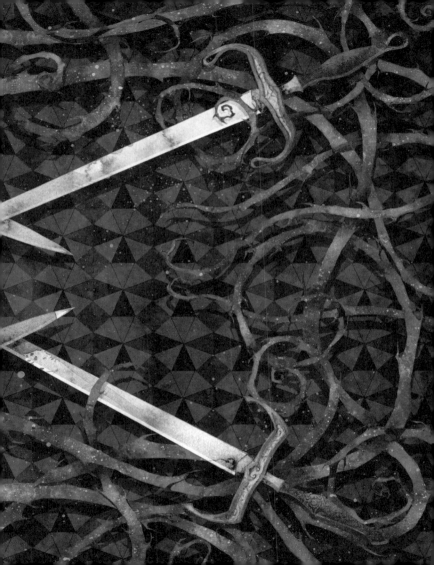

간이 모호한 가운데, 누가 누구를 죽여야 하는지는 신도 알 수 없는 지경이었다. 하지만 그들은 무작정 휘둘러대는 몽둥이만이 자신들의 가치를 증명하는 일인 듯 온 열정을 쏟았다. 여자들의 비명소리와 아이들의 울음소리까지 뒤섞여 그야말로 무법천지가 되어버린 공간으로 한 남자가 뛰어든 것은 싸움이 시작된 지 10여 분이 지나서였다.

02
두 가문의 숙명

"칼을 거둬! 이게 무슨 짓이야?"

벤볼리오는 무화과나무가 우거진 관목 숲을 산책하고 집으로 돌아가는 중이었다. 소란스러운 소리를 듣고 시장 쪽으로 뛰어오기는 했지만 생각보다 싸움판이 커서 놀라 입이 떡 벌어졌다. 하지만 그는 곧 정신을 차렸다. 눈치 빠르게도 싸움의 원인을 바로 짐작한 것이다. 싸움판으로 끼어든 것은 오로지 평화를 위해서였다. 정말이지 칼집에 있어야 할 칼을 꺼낼 생각은 없었다. 하지만 그는 한 남자의 칼이 다른 남자의 심장을 향해 달려드는 것을 목격했고, 긴박한 상황을 저지하기 위해 재빨리 칼을 뽑았다. 그는 사람을 향해 달려드는 칼을 쳐낸 후, 온 힘을 다해 소리쳤다.

"다들 그만 둬!"

하지만 그의 노력은 걷잡을 수 없이 번진 불길 같은 싸움판에 한 바가지의 물을 끼얹는 것에 불과했다.

"멈춰! 제발 멈추라고!"

그때였다. 누군가가 그의 등에 칼을 겨누며 격앙된 어조로 말했다.

"몬터규 가문의 남자야, 돌아서라."

순순히 돌아선 벤볼리오는 자신에게 칼을 겨눈 남자의 분노 어린 눈을 마주했다.

"티볼트!"

"뭐냐? 하인들을 상대로 솜씨를 뽐내지 못해 안달이 났냐?"

"싸움을 말리려 했을 뿐이야. 그러니 칼을 거둬. 아니면, 나와 함께 이들을 말리든지."

"칼을 뽑고 화해하라고? 말이 되는 소리를 해, 이 겁쟁이야!"

말이 끝나기가 무섭게 휘두르는 티볼트의 칼은 위압적이면서도 날카로웠다. 벤볼리오는 두어 발짝 물러서는 것으로 용케

몸을 피했지만 연이은 공격을 그런 식으로 계속 막아낼 수는 없었다. 원하지 않았다 해도 티볼트와의 결투는 시작되었고, 이제 그는 죽지 않기 위해서라도 싸워야 했다.

"이제야 본색을 드러내는군."

벤볼리오의 반격에 티볼트는 피식 웃었다.

"네 칼을 멈추게 하려면 이 방법밖에 없으니까."

"변명 따윈 하지 말라고 했잖아."

"제발 좀, 그만 하자고. 사람들을 봐, 지금 무슨 꼴인지. 우리가 힘을 합치지 않으면……."

그때였다. 군주의 도착을 알리는 나팔 소리가 들렸다. 뒤이어 한 무리의 말들이 빠른 속도로 달려왔다. 군주의 기사단이었다. 그들은 싸움판을 중심으로 원을 그리며 빙빙 돌기 시작했다. 한순간에 독 안에 갇힌 쥐 신세가 되어 버린 싸움꾼들이 어쩔 줄 몰라 허둥거리는 것을 보며 벤볼리오는 나지막하게 한숨을 내쉬었다. 끝났구나! 아무도 죽지 않고 싸움을 끝낼 수 있어 다행이라는 생각에 다리의 힘이 저절로 풀어졌다. 그런데 그 모습을 본 티볼트가 이를 악문 음성으로 속삭였다.

"끝났다고 생각하지 마. 오늘이 아니면 다른 날에, 우리가 싸울 날은 아직 많이 남아 있으니까."

"그래, 그래. 하지만 적어도 지금은 아니지. 그러니 너도 무기를 거둬."

벤볼리오는 기사들이 길을 열자 모습을 드러낸 에스칼루스 군주를 올려다보며 말했다.

군주는 엉망이 된 시장 바닥과 그보다 더 엉망인 사람들을 쓱 둘러보고선 이맛살을 잔뜩 찌푸렸다.

"평화의 적들아, 이웃의 피로 자신의 칼을 더럽히는 자들아! 이 노한 군주의 판결을 들어라. 캐퓰렛과 몬터규가 일으킨 세 번의 소동으로 거리의 고요가 세 번이나 깨어졌다. 그 때문에 베로나의 시민들은 품위를 내던지고 낡은 창을 잡게 되었다. 다시 한 번 짐의 거리를 뒤흔들면 평화를 파괴한 값으로 목숨을 내놓아야 할 것이다. 모두 이 자리를 떠나라. 그리고 몬터규와 캐퓰렛의 사람들은 각자 주인에게 가서 전하라. 옛 자유촌, 짐의 공공 재판소로 출두하라고. 자, 모두 해산하라!"

벤볼리오는 시장을 벗어나자마자 몬터규와 그의 부인이 허둥지둥 걸어오는 것을 발견했다.

'싸움 소식을 들으셨구나.'

부부의 얼굴에 근심이 가득한 것을 보고는 벤볼리오는 그렇게 짐작했다.

"벤볼리오, 잘 만났다. 로미오는? 그 아이도 싸움판에 있었니?"

"숙모님, 그런 걱정은 마십시오. 로미오는 애당초 그곳에 있지도 않았으니까요."

"정말이냐?"

"그럼요, 숙부님."

"아! 이제야 안심이 되는구나. 그럼 그 아이는 어디에 있다는 거냐? 아침부터 보이지 않았어."

"새벽녘 산책길에서 보았습니다. 어쩐지 마음이 산란해져 산책을 나갔죠. 무화과나무가 우거진 관목 숲까지 걸어갔는데, 그곳에서 저보다 일찍 일어나 산책을 하고 있었습니다. 반가운 마음에 말을 걸려고 했는데……."

"그런데?"

"더 깊은 숲속 길로 숨어 버렸습니다. 마치 사람을 보고 놀란 사슴같이요."

"로미오가? 로미오가 왜?"

"글쎄요? 그건 저도 모르겠습니다. 하지만 저 또한 그 상황을 기쁘게 받아들였습니다. 저 역시 그 누구와도 만나고 싶지 않았으니까요. 그냥 혼자 있고 싶었습니다. 로미오도 그런 마음이었겠죠."

벤볼리오는 로미오의 얼굴에 수심이 가득했던 걸 떠올리곤 되레 그들에게 그 이유를 묻고 싶었다. 그런데 몬터규 부인이 먼저 입을 열었다.

"그 아이가 요즘 계속 우울해하는데, 그 이유를 아니?"

"글쎄요, 저도 모르는데요. 혹시 숙부님께서는 아시는지요?"

"나도 모른단다."

"혹시 물어보셨습니까?"

"그 아이의 입은 자물쇠를 단 문처럼 굳건해. 그 이유를 알 수 있다면 모든 처방을 다 써볼 생각이네."

"제가 한번 알아보죠."

벤볼리오는 노부부가 부탁을 하기도 전에 먼저 약속했다. 아들에 대한 걱정으로 얼굴이 어두운 숙부와 숙모를 도무지 그냥 지나칠 수가 없었던 것이다.

"그렇게 해주겠나?"

"네, 약속드릴게요. 그러니 집으로 들어가세요. 아! 그리고 숙부님, 군주께서 호출을 명하셨습니다."

"들었네."

"여보, 괜찮을까요?"

"별 일은 없을 거요. 너무 걱정하지 말아요."

"숙모님, 숙부님 말씀대로 별 일은 없을 겁니다. 하지만 숙부님, 또다시 이 같은 소동이 벌어지면 그 값을 생명으로 치르게 할 거라는 말씀도 하셨습니다."

"그다운 말이군. 하인들을 단속할 수밖에."

"그 전에 캐풀렛 가와 화해를……."

"조카, 그 집안과 우리 집안이 원수가 된 건 숙명이야. 암, 숙명이지. 숙명은 사람의 힘으로 풀 수 있는 게 아니야. 그러니 다시는 그런 말을 입 밖으로 내뱉지 마라."

"아…… 네!"

벤볼리오는 '숙명'이라는 단어가 주는 무거움에 짓눌려 잠시 할 말을 잃었다. 그 단어를 발음할 때의 몬터규의 모습은 고집스러운데다 단호했다. 정말 숙명인가? 그래서 그 누구도 이 오래된 불화를 끊어낼 수 없다는 말인가? 그래봤자 사람의 일이 아닌가? 숙부와 캐퓰렛이 화해의 의지를 보인다면 해결될 일일 수도 있지 않은가? 그런데 어째서 숙명이라고 하는 거지? 도대체 뭐가 문제인 거지? 아니, 언제부터 두 집안이 원수가 된 거지? 갑자기 수많은 질문이 밀려들었지만 어느 것 하나 해답을 구할 수 없어 명치끝이 눌린 듯 갑갑했다.

"로미오를 보거든……."

다시 말을 꺼낸 몬터규는 아들을 걱정하는 아버지의 얼굴로 돌아와 있었다.

"그 아이의 고민을 물어봐."

"예."

"네겐 솔직하게 고백을 했으면 좋겠구나."

벤볼리오는 꼭 그렇게 하도록 만들겠노라고 약속했다. 그제 야 마음이 놓였는지 부부는 그들의 집으로 발걸음을 돌렸다.

03
아침이 긴 이유

로미오는 벤볼리오와 함께 있는 사람들이 자신의 아버지와 어머니라는 것을 알았지만 아무것도 보지 못한 척 고개를 숙였다. 뒤이어 부모가 위쪽 길의 모퉁이로 돌아서는 기척을 느꼈고, 뒤이어 벤볼리오가 자신의 이름을 부르는 소리를 들었다.

"좋은 아침이야."

코앞까지 다가선 벤볼리오가 밝은 목소리로 인사를 했다.

"아직도 아침인가?"

"아홉 시가 막 지났지."

"그런가? 아침은 참 길기도 하군."

"아침이 길어? 사촌, 무엇 때문에 시간이 길어진 거야?"

"가지면 짧아지게 되는 걸 못 가져서."

"사랑을?"

"못 얻어서."

"그래, 사랑을 하고 있군. 그럴 거라 짐작은 했어. 하지만 사랑을 하는 사람치곤 몹시 우울해 보이는 걸."

"연인의 마음을 얻지 못했거든."

"누구의 마음인가?"

"그야 여자의 마음이지."

"어떤 여잔데? 어떤 여자가 네 마음속에서 비밀로 숨어 있는 거지?"

"비밀? 이건 비밀이 아니야. 한숨이고 연기야. 아니, 비탄이고 광기지."

"그 비탄을 나한테 풀어봐, 로미오."

"내 이름을 부르지 마. 난 로미오를 잃었어. 여기엔 없다고. 로미오는 다른 데 가 있어."

"누굴 사랑하는지 진지하게 말해 보라니까."

"뭐? 진지하게 말하라고?"

"아냐, 그냥 말해. 누구야?"

로미오는 말없이 고개를 저었다. 사실 그는 누구든 붙잡고 말을 하고 싶은 강렬한 욕구를 느꼈다. 그녀가 얼마나 아름답고 얼마나 사랑스러운지. 또 그녀를 향한 자신의 마음이 어떤지. 하지만 그렇게 되면 자신의 사랑이 아무 가치도 없는 것처럼 되어 버릴까 겁이 났다. 누군가의 입을 통해 전달되는 순간, 사랑은 그저 그렇고 그런 이야깃거리에 불과해질 것이다. 로미오는 조금 전보다 더 슬픈 눈빛으로 갑자기 발걸음을 돌렸다.

"어딜 가려는 거야?"

벤볼리오가 물었다.

"아무 곳이나. 어딜 가든 다 똑같아."

"이러니 걱정이신 거야."

"누가? 자네가? 아니면 내가?"

"숙부님과 숙모님 말이야. 그분들이 얼마나 널 걱정하는지 알고 있어?"

"그분들이 뭐라고 하셨는데?"

"네가 아침 일찍 나가서는 밤늦게나 돌아오는 이유를 알고 싶

어 하셨지. 그런데 그게 보답이 없는 사랑 때문이라는 걸 안다면 속상해하실 거야. 너보다도 더!"

"부모란 그런 존재지. 하지만 지금 난 그분들 걱정까지 할 수가 없어."

"내가 봐도 그런 것 같아. 넌 정말 우울해 보여."

"내가 그렇게 우울해 보이나?"

"사촌, 사실 그렇게 우울해할 일도 아니야. 맞불을 놓으면 타는 불은 꺼지게 마련이야. 사랑도 그래. 지금 하고 있는 사랑이 불치의 슬픔처럼 느껴지지만 다른 사랑이 들어서면 곧바로 치유가 돼."

"지금 무슨 말을 하고 있는 거야?"

"새로운 사랑을 찾으라는 말이야. 메아리 없는 사랑이 독이라면 해독제는 새로운 사랑뿐이니까."

로미오는 피식 웃었다. 사랑이 그런 것이라면 그걸 두고 사랑이라고 하지 않을 것이다. 하지만 벤볼리오는 그것을 모르고 있었고, 바로 그 때문에 로미오는 조금 전보다 더 깊은 외로움을 맛보아야 했다.

"로미오, 또 어딜 가는 거야?"

자신을 뒤쫓는 발걸음 소리가 들렸지만 로미오는 못 들은 척 그저 걷고 또 걸었다.

04
가장무도회

    페데리코는 벌써 30여 분 가까이 캐풀렛의 방에 어정쩡하게 서 있었다. 주인의 부름을 받자마자 냉큼 달려왔지만 캐풀렛은 젊은 손님과의 대화에 몰두한 나머지 페데리코를 본 척도 하지 않았던 것이다.

    '벌을 서는 것도 아니고……'

    하인은 속으로 투덜거리며 힐끔 젊은 손님을 봤다. 그가 보기 엔 젊은 손님도 캐풀렛과 대화하는 걸 그다지 즐기는 것 같지는 않았다. 오히려 똥 마려운 강아지처럼 무언가를 갈망하는 눈을 하고선 캐풀렛이 이리저리 움직일 때마다 졸졸 따라다녔다.

"사실 몬터규도 나와 같은 벌로 규제를 받았으니 그렇게 억울할 일도 아니지."

바로 몇 분 전에도 그 말을 했다는 것을 잊었는지 캐풀렛은 반복해서 말했다.

"파리스 백작, 군주는 공평한 사람이야. 베로나가 이처럼 아름다운 도시가 될 수 있는 건 바로 군주의 덕이지. 하지만 이 도시는 완벽하지 않아. 몬터규가 있기 때문이야. 빌어먹을 몬터규! 사실 그나 나나 예전처럼 젊지도 않지. 어째서 이렇게 미워하게 되었는지, 그 이유를 잊은 지도 오래야. 아니, 이유가 있기는 했던가? 분명한 건 말이야, 파리스 백작, 나와 몬터규는 점차 늙어가고 있다는 사실이야. 이렇게 계속 늙어가겠지. 빌어먹을 늙음! 늙은이는 평화를 지키는 게 어렵진 않아. 자네 같은 젊은이의 열정을 가지고 있진 않으니까. 그런데도 몬터규와 연관된 일이라면 평화를 지키는 게 어려워. 어려운 일이야. 군주는 더 이상의 소란은 용서하지 않겠다고 했어. 당분간은 그의 말을 들어야겠지. 그러자면 하인들을 단속해야겠어. 그뿐인가. 가문의 젊은이들에게도 당부를 해야겠지. 그게 늙은이의 할 일이야. 그런데 내가 아무리 그렇게 해도 어디서 어떻게 싸움이 터질지는 모르지. 젊은이들의 왕성한 혈기를 일일이 쫓아다니며 막을 수도 없고. 아니, 사실은 내가 원하고 있는 건지도. 그들이 계속해서 싸워 주기를. 나를 대신해 저 몬터규의 코를 납작하게 눌러 주기를 말이야."

"두 분 다 신망이 높으신 분들이죠. 이처럼 오랫동안 반목하며 사시다니, 유감입니다. 그런데…… 어르신!"

파리스는 잠시 머뭇거렸다. 뒤이어 그는 헛기침을 몇 번 뱉어 내고서야 어렵게 말을 꺼낼 수가 있었다.

"대답을 해주시면 안 되겠습니까?"

하인의 시선도 캐풀렛에게 머물렀다. 파리스가 궁금해하는 것만큼이나 하인도 궁금했던 것이다.

"어르신의 허락을 구하기만 한다면……."

"우리 애는 세상이 아직 낯설다네. 두 번의 여름을 더 지나야 신붓감이 될 거야."

"하지만 어르신, 그보다 더 어린데도 행복한 어머니도 있습니다."

"너무 빨리 됐다가는 너무 일찍 망가지는 법이지."

"맹세코 따님을 그렇게 만들지는 않을 겁니다. 세상에서 가장 행복한 여자가 될 수 있도록 하겠습니다."

"세상에서 가장 행복한 여자란 없다네. 행복은 겨루는 게 아니야."

"제가 마음에 안 드십니까?"

"내 마음이 중요한가? 누가 들으면 자네와 내가 결혼하는 줄 알겠군. 파리스 백작, 그 아이의 마음부터 얻게. 그 애의 허락이 내 허락이 될 것이네."

"그 말씀은……."

"잠깐! 젊은이의 성급함을 보이지 말게나. 베로나엔 아름다운 여성들이 많아. 그리고 오늘 밤 열리는 가장무도회에서 그녀들을 만나게 될 거야. 그녀들을 보고도 여전히 내 딸이 마음에 든다면 그 아이에게 구애를 해보게. 하지만 조금 전에도 말했듯이 그 아이가 원치 않는다면 나도 원치 않아. 그러니 성급하게 기뻐하지도 성급하게 맹세를 하지도 말게나. 그러한 것들은 가장무도회가 끝난 후 해도 늦지 않을 테니까."

"무슨 뜻인지 알겠습니다. 하지만 결코 다른 여인에게 눈길을 주지는 않을 겁니다."

"부디 그러기를 바라네."

캐풀렛은 흡족하게 웃으며 덧붙였다.

"오늘 밤은 정말 기대가 되는군. 딸아이가 태어난 그 순간만큼이나 멋진 날이 될지도 모르겠어. 어쩌면 자네보다 내가 더 들떠 있을 거야. 아직 어린 딸이지만 어리지만은 않다는 걸 증명하는 날이기도 하니까. 가자고. 파티가 시작되기 전에 향이 좋은 차라도 한잔 마시자고. 아직 나는 자네에 대해 알고 싶은 게 많아. 그게 아비의 마음이지. 암, 그렇고 말고. 아, 그렇지! 잠깐 기다려 보게."

캐풀렛이 손가락을 까딱 움직이자 페데리코는 얼른 그 앞에 섰다. 이제야 이 지루한 시간에서 풀려나는구나. 정말이지 환호성이라도 지르고 싶은 기분이었지만 애써 담담한 표정을 짓고는 주인이 말하기를 기다렸다.

"이 명단에 적힌 분들에게 전하거라. 오늘 밤 내 집에서 여는 가장무도회의 귀한 손님으로 참석해 달라고. 정중히. 알겠느냐? 정중히!"

하인은 초대장의 목록을 정중히 받았다. 그런데 정작 주인이 '정중히'라고 몇 번이나 강조한 그 정중함을 초대장에 적힌 사람들에게 보여줄 수 있을지는 자신할 수 없었다. 세상의 모든

하인들이 제대로 된 교육을 받지 못했듯이 그 또한 그랬고, 바로 그러한 이유로 그는 아주 당연하게도 까막눈이었던 것이다.

거리로 나선 하인은 하루에도 수십 번은 더 오가는 길을 아주 낯설게 쳐다봤다. 도무지 어디로 가야 할지 갈피를 잡을 수가 없었다. 사실, 가장 지혜로운 방법은 그 길로 되돌아서서 주인에게 가는 것이었다. 그리고 물어야 했다. 도대체 어느 댁의 누구에게 초대의 말을 전하라는 겁니까? 뒤이어 이렇게도 덧붙여야 했다. 아시다시피 전 까막눈입니다. 하지만 감히 그런 말을 할 수가 없었다. 주인이 찾으라고 하면 찾아야 했고, 주인이 말을 전하라고 하면 말을 전해야 했다. 그것만이 하인의 유일한 본분이라고 어릴 때부터 아버지에게 귀가 닳도록 배웠다.

"가끔 아버지들은 자기 말이 다 옳다고 생각한단 말이야. 그게 문제야. 그나저나 어쩐다? 이건 마치 고기잡이에겐 붓을, 그림쟁이에겐 그물을 주고 일하라는 것과 다름없잖아. 여기에 이름이 적혀 있는 사람들을 찾으라니? 이름이 어디 있다는 거야? 잉크만 보이는데? 잉크는 잉크통에 둬야지, 왜 이런 종이에 칠을 하고선 골머리를 썩게 만드는 거야? 젠장!"

이제 그에게 남은 방법은 글을 아는 자, 그러니까 교육을 받은 품위 있는 가문의 남자를 만나 도움을 요청하는 것뿐이었다. 그는 동쪽 광장으로 내려가며 지나가는 사람들을 눈여겨봤다. 그러던 차에 귀족으로 보이는 젊은 남자 두 명이 눈에 띄었다. 한 명은 내내 고개를 숙이고 있었지만 같은 남자가 보기에도 잘생긴 청년이었고, 다른 한 명은 좀 더 건장한 청년이었는데 고개를 숙인 청년에게 끊임없이 무언가를 말하고 있었다.

'뭐가 저렇게 진지해? 하여튼 귀족들이란……'

하인은 내심 그렇게 투덜거리면서도 젊은 귀족들이 있는 쪽을 향해 구르듯이 뛰어 내려갔다.

"도련님들, 죄송하지만 이 글을 읽어 주시겠습니까?"

하인이 더할 나위 없이 정중하게 묻자 세상의 모든 슬픔이 다 자기 것인 양 우울해하던 청년이 고개를 들었다. 그 순간, 하인은 자신의 생각이 옳았다는 걸 바로 눈치 챘다. 이제껏 그처럼 잘생긴 남자를 본 적이 없었던 것이다. 자신이 남자가 아니었다면 심장이 제자리에 있지 않았을 거라는 생각을 하며 하인은 또다시 부탁했다.

"나도 그러고 싶지만 불행하게도 글을 몰라."

잘생겼지만 몹시 우울해 보이는 남자가 말했다.

"아, 네…… 정직한 말씀이네요."

페데리코도 더는 부탁하지 않고 뒤돌아섰다. 귀족이란 족속은 어차피 그런 것이다, 하인에겐 손톱만큼도 도움이 되지 않는. 젊은 귀족들이 듣지 못하게 투덜거리고 있는데, 누군가 뒤에서 그의 어깨를 잡았다.

05
그녀의 이름

　로미오는 정말이지 누군가의 부탁 같은 걸 들어줄 마음의 여유가 없었다. 그런데 문득 하인의 부탁대로 글을 읽는 순간만큼은 고통의 시간을 벗어날 수 있겠다는 생각이 들었다. 그는 무슨 일인가 싶어 뒤돌아보는 하인의 얼굴을 빤히 쳐다보며 무덤덤하게 말했다.

　"그걸 줘봐, 읽어줄 테니까."

　"변덕스러운 도련님이네요."

　"왜, 싫어?"

　"당연히 아니죠."

"그러게, 웬 변덕인가?"

로미오는 사촌의 투덜거림을 못 들은 척하고는 글을 읽기 시작했다.

"마르티노 어른과 부인 및 따님들, 안젤름 백작과 아름다운 자매들, 유트루비오의 미망인, 플라센쇼 어른과 사랑스러운 질녀들, 머큐쇼와 그의 형 발렌타인, 캐퓰렛 숙부님과 부인 및 따님들, 내 고운 질녀인……."

"왜 그러나?"

종이를 든 로미오의 손끝이 살짝 떨리는 것을 본 벤볼리오가 물었다. 도대체 뭘 봤기에 눈동자까지 흐릿해지나 싶어 목록 쪽으로 머리까지 드밀었다. 옆에 있던 하인도 덩달아 머리를 들이미는 바람에 한순간 세 남자가 머리를 맞대고 서 있는 꼴이 되어버렸지만, 로미오는 그것도 느끼지 못할 정도로 멍한 표정을 짓고 있었다.

"고운 질녀인 로잘린."

벤볼리오가 대신 그 뒤의 글을 읽고는 의미심장한 눈으로 로미오를 쳐다봤다. 그제야 정신을 차린 로미오는 벤볼리오의 얼굴을 멀찌감치 밀어내곤 헛기침을 뱉어냈다.

"도련님, 이러다 앞에 있는 사람들의 이름까지도 잊어버리겠습니다. 제가 기억력이 좋은 편이 아니거든요. 어서 뒤의 것도 읽어 주세요."

"아, 그래! 로잘린. 그리고 또…… 로잘린. 아, 아니지. 질녀인 로잘린과 리비아, 발렌쇼 어른과 그의 사촌 티볼트, 루시오와 발랄한 헬레나. 그 다음은 없어. 그래, 이걸로 끝이야. 다 외웠나?"

"외울 만큼만 외웠죠."

"여기에 적힌 사람들은 어디로 초청받은 건가?"

"우리 집이요."

"우리 집이 어딘데?"

"주인집이죠."

"그걸 먼저 물었어야 하는 건데."

"너무 낙심하지 마세요. 이젠 묻지 않아도 가르쳐 드리죠. 제 주인님은 큰 부자인 캐풀렛 어르신입니다. 당신이 몬터규네 사람이 아니라면 오셔서 포도주나 한잔하시죠."

"그러지."

로미오가 무언가 말하기도 전에 벤볼리오가 냉큼 대답했다.

그 순간 로미오가 놀란 눈으로 쳐다봤지만 벤볼리오는 개의치 않고 다시 말했다.

"분명히 그럴 거야."

"예, 그럼 소인은 물러가겠습니다."

발 빠른 하인은 그들의 시야에서 사라졌다.

"무슨 짓인가? 캐퓰렛의 축제에 가다니?"

"로잘린!"

"무슨 말을 하는 거야?"

"로잘린이잖아, 네 마음을 아프게 한 주인공. 네가 아무리 숨기려 해도 그 표정이 드러나고 말았는데. 내 말이 틀린가?"

"……."

"틀리지 않았다면 나를 믿어. 그녀는 오늘 밤 캐퓰렛의 무도회에 있을 테고, 넌 그곳에 가야 해. 그래야만 상처를 치유할 수가 있어."

"그래, 네 말이 옳다고 치자. 하지만 우리가 어떻게 캐퓰렛의 저택으로 들어갈 수 있겠나?"

"로미오, 사랑에 빠지더니 바보가 되었냐? 가장무도회야, 가장무도회. 가면이면 충분하지. 게다가 내가 이 두 눈으로 똑똑히 보았지. 우리들의 친구인 머큐쇼도 초대 명단에 있는 것을. 그와 함께 가면 아무 문제도 없어. 제발 부탁이니 그 우울한 표정 좀 걷어내. 오늘 밤은 축제를 즐기는 시간이야. 베로나의 미녀들과 춤을 출 시간이라고."

벤볼리오는 그들이 서 있는 곳이 거리가 아니라 무도회장이라도 되는 듯 우아한 몸놀림으로 한 바퀴 돌고선 세상에서 가장 행복해진 남자의 미소를 지어 보였다. 하지만 로미오는 억지로나마 미소를 지을 수가 없었다.

'사촌, 나는 겁이 나. 그 파티장에서 로잘린의 마음을 결코 얻을 수 없다는 걸 확인하게 될까 봐. 그렇지만 가고 싶기도 해. 한 번이라도 더 그녀의 얼굴을 볼 수 있다면. 그녀가 나를 보지 않아도 내가 그녀를 볼 수 있다면.'

06

이제껏 꾸지 않았던 꿈

"아가씨, 아가씨! 어디 갔지? 아가씨!"

마치 지금 당장 자신을 찾지 않으면 죽을 것처럼 헐떡이는 유모의 목소리가 들리자, 줄리엣은 페르시안 고양이처럼 키득거렸다. 심술궂게도 유모의 손이 닿지 않은 더 먼 곳으로 숨어버릴까, 잠시 생각하지 않은 것은 아니다. 어렸을 땐 종종 그 생각을 생각으로만 멈추지 않고 행동으로 옮기곤 했다. 그때마다 유모는 무거운 몸을 쿵쾅거리며 아주 좋은 술래가 되어주었다. 하지만 지금 유모는 아주 많이 늙었고, 자신은 훌쩍 자랐다.

"아가씨! 웬일이람? 도대체 어디에 있는 거야?"

목소리는 점점 가까워졌다. 그때까지도 난간 밖으로 몸을 내밀어 거리를 오가는 사람들을 구경하던 줄리엣은 2층 복도 끝쪽으로 뛰어갔다. 살랑거리는 치맛단을 살짝 올리고 재빠른 걸음으로 뛰기 시작하면 마치 어깻죽지에 숨겨진 날개가 활짝 펼쳐지는 기분마저 들었다. 뛰고 또 뛰다 보면 언젠가 정말 그럴지도 몰랐다. 단숨에 저 하늘 높은 곳으로 오를 수 있는 날개가 생겨버릴지도.

"아유! 아가씨, 천천히. 그러다 넘어져요."

아픈 무릎을 짚으며 겨우 2층 계단 끝으로 올라선 유모는 좁은 복도를 달려오는 줄리엣을 발견하자마자 잔소리부터 늘어놓았다. 그러든 말든 줄리엣은 속도를 늦추지 않고 달려와서는 유모의 팔짱부터 꼈다.

"왜 그렇게 애타게 부른 거야? 누가 날 찾아?"

"마님께서."

"어머니가? 왜?"

"가보면 알게 되겠죠. 무슨 중요한 말씀이 있으신 모양이던데…… . 빨리 찾아오라고 난리였답니다. 아가씨가 이렇게 숨바

꼭질을 좋아하는 줄도 모르고."

"무슨 말씀을 하시려는 걸까?"

"궁금해요?"

"궁금해."

"이제 곧 듣게 되는데도 말이죠?"

"그래. 많이 궁금해."

"호기심은 어린 아가씨의 특권이죠. 하지만 그 호기심 때문에 다칠 수도 있다는 걸 명심해요."

"잔소리꾼. 유모는 정말 말이 많아."

"그야…… 에구, 에구, 보세요. 마님이 기다리지를 못하고 문 밖까지 나와 있잖아요."

유모의 말마따나 방문 밖에 나와 있는 캐퓰렛 부인을 발견한 줄리엣은 또다시 냅다 달리기 시작했다. 뒤이어 "아가씨, 천천히." 하는 유모의 목소리와 함께 뒤쫓아오는 듯한 발자국 소리를 들으며 줄리엣은 나지막하게 웃었다.

"어머니, 절 찾으셨어요?"

"비밀 이야기가 있단다. 네가 들으면 깜짝 놀랄 만한 이야기야."

"비밀 이야기요?"

"그래, 무도회가 시작되기 전에 들어야 하는 말이야. 유모는 잠시 자리 좀 피해 줘. 딸아이와 해야 할 말이 있어."

줄리엣을 쫓아오느라 그렇지 않아도 호흡 곤란을 일으킬 지경이었던 유모는 캐풀렛 부인의 말에 어찌나 실망을 했던지 정말 숨이 막혀 버린 사람처럼 두 눈을 동그랗게 뜨고는 무슨 말인가를 하려 했다. 하지만 그보다 먼저 캐풀렛 부인이 말을 이었다.

"아니지, 아니야. 유모도 함께 있는 게 좋겠어."

"그럼요, 마님. 제가 아가씨 일에 빠질 수는 없죠."

"그래, 그래서 유모도 있게 한 거야. 유모도 알다시피 우리 줄리엣이 열네 살이 되어가지?"

"암요. 열나흘 후에 있는 수확제 날이 지나면 아가씨는 열넷이 되죠. 전 아직도 아가씨가 젖을 뗀 날을 기억하고 있답니다. 그건 절대 잊지 못하죠. 그때 전 젖꼭지에 쓴 쑥물을 바르고 비둘기장 벽 밑에서 햇볕을 쬐고 있었죠. 주인님과 마님께서는 만투아에 계셨을 때죠. 어쨌든 어린 아가씨는 젖꼭지의 쑥물을 맛보고는 제 젖통을 떠밀었죠. 그 이후로는 다시 쑥물을 바를

필요가 없었어요. 그리고 아가씨가 처음 걸었을 때도 기억나요. 그땐 제 남편도…… 하느님, 그이를 보살펴 주소서. 유쾌한 사람이었어요. 어쨌든 그때 아가씨가 걷다가 넘어지자…….”

“유모, 유모, 그 이야긴 됐으니 제발 그 입 좀 다물어.”

“네, 마님! 하지만 이 몸이 천 년을 산다 해도 그날은 절대 못 잊어요. 아가씨는 큰 혹이 돋을 정도로 심하게 넘어졌죠. 괴롭게 울고 있는 걸 제 남편이 달랬는데…….”

“유모!”

“네, 마님! 이젠 말하지 않을게요. 아가씨께 하느님의 은총을! 아가씨는 제가 기른 아기 중에 최고로 예뻤는데. 아가씨가 결혼하는 걸 본다면 소원이 없겠어요.”

“그래, 그 이야기야. 지금 내가 말하고 싶은 게 바로 그거야. 줄리엣, 결혼하는 것에 대해 네 생각은 어떠니?”

그때까지도 둘의 대화를 듣고만 있던 줄리엣은 ‘결혼’이라는 단어에 놀라서는 두 눈만 끔벅거렸다.

“얘기해 봐.”

캐풀렛 부인이 다시 물었다.

“어머니…….”

"그래."

"그건 제가 꿈꾸지 않은 영예예요."

"꿈꾸지 않았다? 줄리엣, 너보다 어린 나이에 이미 아이 엄마가 된 여자들이 많단다. 나 역시 그랬지. 이제는 꿈을 꿀 때야. 솔직하게 말하마. 고맙게도 고귀한 파리스 백작이 너의 사랑을 구한단다."

"세상에! 파리스님이요? 아가씨, 아가씨, 그분은 꽃이에요."

줄리엣보다 먼저 유모가 반응을 보이며 호들갑을 떨었다.

"유모의 말이 맞아. 베로나의 여름에도 그런 꽃은 없단다."

"아무렴요. 그분은 정말로 꽃이에요."

"줄리엣, 오늘 저녁 가장무도회에서 그를 보게 될 거다. 그를 보면 너도 사랑에 빠지고 말 거야."

"보아서 사랑이 생긴다면 좋게 보도록 해볼게요."

캐풀렛 부인과 유모는 자신들의 기쁨에 취한 나머지 줄리엣의 말 이면에 묻어 있는 한숨을 감지하지 못했다.

"그래, 그래야지. 아, 유모! 우리 딸, 정말 사랑스럽지 않아?"

"말이라고요! 아가씨, 이 늙은이는 행복해서 죽을 지경이랍니다. 오늘 밤도 이처럼 행복하겠죠?"

줄리엣은 두 여자의 얼굴을 번갈아 쳐다봤다. 그녀들은 줄리엣도 자신들만큼 행복하다고 여기며 흐뭇하게 웃었다.

"그래요. 베로나의 꽃에 눈길을 한번 줘볼게요. 다들 그걸 바라시니……."

07
운명적인 만남

　벤볼리오와 머큐쇼는 화려하게 치장한 여자들을 살피느라 정신이 없었다. 바로 그 옆에 있던 로미오도 벤볼리오와는 다른 의미에서 홀 안을 살피느라 분주하게 시선을 움직였다. 사실 그는 무도회장으로 들어서기만 하면 로잘린을 단번에 찾아낼 줄 알았다. 그녀는 고귀한 새벽보다 더 아름다운 빛을 뿜어냈기 때문이다. 하지만 마치 작정을 하고 숨기라도 한 것처럼 그의 시선에 들어오지 않았다.

"어디에 있는 거야?"

　로미오는 중얼거렸다. 아무도 들을 수 없는 작은 목소리였지만 자신의 귀에는 홀 안 가득 울려 퍼지고 있는 음악 소리보다 크게 들렸다.

"도대체 어디에?"

홀로 남겨진 술래처럼 당혹스럽고 외로웠다. 모든 사람들의 눈과 귀가 호사를 누리는 이때에 오로지 자신만이 어둠 속에 갇힌 것처럼 먹먹하기까지 했다. 로잘린을 볼 수 없다면 그곳에 있을 이유가 없었다. 로미오는 돌아섰다. 캐퓰렛의 무도회에 온통 마음을 빼앗긴 벤볼리오와 머큐쇼에게 한마디의 인사말조차 하지 않을 생각이었다. 굳이 그들의 흥을 깨트릴 필요도 없었지만 혹시 붙잡기라도 한다면 그 손길이 거추장스럽기만 할 것 같았다. 하지만 그는 몇 발짝 걷다 말고 발걸음을 멈췄다. 아니, 그의 몸은 그대로 나무가 되어 대리석 바닥 아래로 뿌리를 내려 버렸다.

"아……."

저도 모르게 흘러나온 탄성은 이제까지 그의 귀를 어지럽혔던 모든 소리들을 끊어냈다. 그 순간 로미오는 정말 아무 소리도 들리지 않는 곳에서 오로지 오후의 햇살같이 반짝이는 한 소녀만을 눈에 담았다. 가지런히 늘어뜨린 부드러운 머리카락,

백옥보다 더 빛나는 피부, 호기심과 수줍음을 담은 눈동자, 날
렵하면서도 부드러운 콧날, 붉디붉은 입술이 조화를 이룬 소
녀의 형상은 그 자리에 있는 모든 것들을 순식간에 지워버리는
힘을 가지고 있었다.

"누구지?"

그제야 겨우 입을 열었다. 하지만 그 말을 듣는 이는 아무도
없었다.

"누구야?"

궁금했다. 지금 당장 소녀의 정체를 알지 못한다면 심장에 붙
은 불이 활활 타올라 제 몸을 태워버릴 것만 같았다. 그때 마침
자신의 앞을 지나가는 하인을 붙들었다. 하인은 무언가에 홀린
듯 몽롱한 눈빛의 젊은 손님이 빨리 말하기를 기다렸다. 하지
만 하인을 붙잡은 로미오는 제 손이 한 일을 잊어버린 듯 입술
만 달싹였다.

"나리, 왜 그러시는지요?"

결국 하인이 먼저 입을 열었다.

"저 숙녀는……."

"예?"

"저기······저 숙녀 분은?"

"모르겠습니다."

"몰라? 어떻게 모를 수가 있지?"

"오늘 하루만 일당을 받고 일을 하는 사람이니까요. 별 다른 말씀이 없으시면 가보겠습니다."

하인은 고개를 꾸벅 숙이곤 로미오의 앞을 지나쳤다. 그 통에 하인의 머리는 검은 장막이 되어 로미오의 시선을 가렸다. 1초도 되지 않을 정도로 몹시 짧은 시간이었다. 다시 시야가 확보되었지만 소녀는 시선에 잡히지 않았다. 마치 처음부터 그 자리에 없었다는 듯 그곳엔 마호가니 장식장만이 덩그러니 놓여 있었다.

08
날카로운 시선

티볼트는 하인이 칼을 가져오기 전까지 로미오가 그 자리에 그냥 서 있기를 바랐다. 하지만 명을 받은 하인은 로미오가 발걸음을 옮기는 그 순간까지도 코빼기도 보이지 않았다. 칼을 기다리다간 로미오를 놓치고 말 것이다. 더 이상 기다릴 수가 없었다. 결국 그는 자리에서 벌떡 일어났다. 초대받지 않은 손님을 당장이라도 죽여 버리겠다는 분노를 가득 실은 그의 표정은 결연한 의지로 굳어졌다. 그러한 분위기를 감지한 캐퓰렛이 청년의 팔을 잡았다.

"티볼트!"

캐풀렛의 낮은 음성에는 거역할 수 없는 힘이 서려 있었다. 하지만 로미오를 놓칠까 안달이 난 티볼트는 캐풀렛의 손을 뿌리치고 상체를 앞으로 내밀었다.

"티볼트!"

캐풀렛은 이번엔 좀 더 엄격한 어조로 그의 이름을 불렀다. 그제야 정신을 차린 티볼트는 육신은 늙었으나 그 눈빛만큼은 젊은이 못지않게 강인해 보이는 숙부에게 눈길을 돌렸다.

"숙부님, 가도록 해주십시오. 우리의 적이 겁도 없이 이곳에 숨어들었습니다."

"로미오 청년을 말하는 건가?"

"네, 그 놈입니다. 가면으로 얼굴을 가렸지만 그 목소리는 똑똑히 기억하고 있습니다."

"내버려두어라. 예의바르게 행동하고 있지 않니? 게다가 그는 선량하고 행실 바른 청년으로 이름이 나 있지. 내 집에서, 그것도 이처럼 즐거운 날 아무 문제도 만들고 싶지 않다. 그러니 참아라."

"하지만 숙부님!"

"내 말을 들어, 내 뜻을 존중한다면."

"저런 놈을 봐줄 수가 없습니다."

"봐줘야 할 게야."

"숙부님!"

"목소릴 낮춰. 내 집안에서 나를 창피 줄 생각이냐?"

티볼트는 지금의 상황을 도무지 이해할 수 없었다. 다른 사람도 아닌 몬터규의 아들이었다. 그런 놈을 내버려두는 것이 오히려 창피한 일 아닌가. 몬터규의 애송이가 겁도 없이 캐플렛 집안에 발을 들여놓았는데도 그냥 보냈다는 게 알려진다면 베로나의 거리를 어떻게 걸을 수 있겠는가. 그런데도 그냥 놓아두라고?

"정말 창피한 일은 저 로미오가 멀쩡하게 이곳을 빠져나가게 내버려두는 겁니다. 그러니 숙부님, 저를 막지 마십시오."

칼 따윈 없어도 된다. 무도회장의 분위기에 취해 정신을 못 차리는 애송이를 잡는 것은 일도 아니다. 그때 마침 심부름을 보낸 하인이 왔고, 그는 하인의 손에서 칼을 빼앗다시피 들었다. 그런데 캐플렛이 티볼트의 앞을 가로막고는 이를 악문 음성으로 경고했다.

"건방지구나. 여기 주인이 누군지를 기억해라."

"숙부님!"

"손님들 앞에서 추태를 부릴 작정이냐?"

티볼트는 그제야 주위를 둘러봤다. 캐퓰렛과 티볼트 사이의 긴장감을 감지한 몇몇 사람들이 그들을 예의 주시하고 있었다. 게다가 그들은 무도회장에는 전혀 어울리지 않는 칼의 등장에 불쾌한 표정을 감추지 못했다.

"티볼트, 알겠니? 어떤 게 정말 창피한 일인지?"

티볼트는 치밀어 오르는 화를 아무렇지도 않은 얼굴로 억누를 자신이 없었다. 그는 획 돌아서서 문 쪽을 향해 빠르게 걸었다. 마땅히 쫓겨나야 할 인물이 버젓이 돌아다니는 무도회장은 이미 더럽혀진 거나 다름없었다. 홀의 여기저기에서 활활 타오르는 횃불이 몰아내고 있는 어둠은 가짜였다. 감미롭게 울려 퍼지는 음악소리조차 그의 귀에는 거짓과 가짜를 감추려는 속임수처럼 들렸다. 진실은 단순하고 명쾌하다. 지금 이 자리에 적이 있고, 올바른 이성을 가진 자라면 그 적을 몰아내야 하는 것이다. 하지만 그 모든 일은 뒤바뀌고 말았다. 진실이 무엇인지를 아는 그가 되레 쫓겨나듯 무도회장을 벗어나려 하고 있었다. 문을 열기 전 그는 다시 홀 안을 둘러보았다. 가면을 썼지

만, 그것으로는 자신의 정체를 감추지 못했던 로미오가 마호가
니 장식장 앞에서 두리번거리고 있는 게 보였다.

'언젠가 오늘에 대한 대가를 받게 될 거다, 로미오.'

(09)
순간이 아니라 영원이기를

시선이 느껴졌다. 그것은 등 뒤에 붙어 있었지만 마치 앞에서 보는 것처럼 또렷했다. 그렇다고 적나라하거나 집요한 것은 아니었다. 구름의 뒤편에 숨은 달이 슬쩍슬쩍 고개를 내미는 듯 은은하면서도 수줍은 기색이 역력한, 그러한 시선이었다. 로미오는 시선의 주인이 있는 쪽으로 천천히 고개를 돌렸다.

그녀였다.

그녀가 맞았다.

유리알처럼 투명하나 초록빛이 감도는 눈동자엔 기적처럼 로미오 자신의 얼굴이 담겨 있었다. 어쩌면 그것은 로미오의 착

각인지도 몰랐다. 사실, 멀리 있는 그녀의 눈동자에 무엇이 담겨 있는지는 보이지도 않았으니까. 게다가 그들 사이에는 대여섯 명이 장애물처럼 서 있기까지 했다. 그런데도 로미오는 그녀가 오로지 자신만을 보고 있다는 걸 알아차렸다. 만약 보이지 않는 붉은 실이 있다면 분명 그와 그녀 사이를 운명처럼 엮어 놓았을 것이다. 운명, 그 외의 단어로는 설명이 불가능한 일이었다. 그녀를 발견한 이후로 계속해서 뛰는 심장이나 그녀를 제외한 모든 인간이 세상에서 사라져 버린 것을 설명할 만한 다른 단어는 존재하지 않았다.

　로미오는 천천히, 아주 천천히 그녀가 있는 쪽을 향해 걸었다. 성급한 걸음과 시끄러운 심장소리 때문에 그녀가 종달새처럼 날아가 버릴까, 걱정을 하면서. 조금씩, 아주 조금씩 그녀를 향해 발걸음을 옮기는 동안 그는 자신의 시선이 그녀를 그 자리에 묶어두는 밧줄이 되기를 간절히 바랐다. 하지만 그녀는 움직였다. 새장 속의 새가 아니었기에 종종걸음으로 또다시 눈앞에서 사라졌다. 로미오의 발걸음도 빨라졌다.

　그녀는 멀지 않은 곳에 있다. 그리고 나를 피해 몸을 숨긴 것도 아니다. 내가 찾아낼 수 있는 곳에서 나를 기다리고 있을 것이다.

그의 짐작은 맞았다. 그녀는 다른 이들이 자신을 볼 수 없도록 연보라색 휘장 안으로 들어가 있었다. 촛불이 그녀의 실루엣을 드러냈다. 로미오는 휘장 안으로 팔을 넣어 그녀의 희고 고운 손을 잡았다. 순간, 그녀의 떨림이 전해져 왔다. 뒤이어 살짝 열린 휘장을 통해 그녀의 얼굴이 보였다. 멀리서 보았을 때보다 훨씬 더 아름다운 얼굴에는 흥분된 수줍음이 깃들어 있었다.

"너무나 가치 없는 이 손이 성전을 더럽혔습니다. 하지만 얼굴 붉힌 순례자의 고상한 죄로 여겨 주세요."

여전히 그녀의 손을 놓지 않은 채 로미오는 용기 있게 말했다. 하지만 거절을 당할까 두려워하는 기색을 숨길 수는 없었다. 줄리엣은 자신도 모르게 힘을 준 손으로 로미오를 휘장 안으로 들어서게 했다.

"순례자님, 이처럼 공손하신 손에게 너무 가혹한 말이에요. 성자상도 순례자가 만져 보는 손이 있고, 맞붙인 두 손은 순례자의 키스가 되죠."

줄리엣은 제 마음이 시키는 대로 말을 했다. 평소라면 감히 가질 수 없는 용기가 생긴 것은 현을 타고 흐르는 바이올린의 선율과 아름다운 숨결을 토해내는 수많은 촛불 때문인지도 몰랐다. 무엇보다 바로 가까이 서 있는 남자의 눈이 그녀의 정신을 어지럽혔다. 몽롱하고 달콤했다. 아름다우면서도 겁이 났다. 하지만 지금 이 순간, 그와 함께 있지 않으면 그를 놓치고 말 것이라는 생각이 들었기에 그녀는 휘장 안쪽으로 더 깊숙이 그의 손을 끌어당겼다.

"성자상도 순례자도 입술은 있잖아요?"

"예, 순례자님! 기도에 써야 하는 입술이죠."

"그렇다면 성자여, 입술로 손의 일을 합시다. 기도를…… 허락해 줘요."

허락이 필요 없는 일이었다. 하지만 줄리엣은 그 말을 입 밖으로 내뱉는 대신 남자의 가면을 벗겼다. 고귀한 이마와 날렵한 콧대가 드러난 순간, 그 아래 입술이 그녀의 입술 쪽으로 천천히 다가섰다. 뒤이어 그녀는 무화과 열매처럼 다디단 그의 입술을 탐하며, 자신의 것인지 혹은 상대의 것인지 알 수 없는 심장 박동 소리가 바이올린의 선율조차 집어삼켜 버리는 것을 느꼈다. 그렇게 모든 것이 심장 박동 소리 아래의 꿈처럼 진행

되는 동안, 그녀는 자신이 있는 곳이 어디인지조차 잊어버릴 지경이었다. 하지만 곧 남자가 뒷걸음을 치며 물러났고, 그녀는 꿈에서 막 깬 아이처럼 몽롱한 눈으로 그의 입술을 쳐다보며 말했다.

"당신의 죄가 내 입술로 옮겨 왔어요."

순수함과 대담함이 뒤섞인 줄리엣의 목소리는 로미오에게서 처음 만난 여성에게 키스를 해버린 당혹감을 단숨에 빼앗아 버렸다.

"그렇다면 내 죄를 돌려받지요."

로미오는 다시 그녀에게 키스를 하며 지금 이 순간이 '순간'이 아니라 '영원'이기를 바랐다. 정말이지 이 세상에는 오로지 그와 그녀만이 존재했고, 그것이야말로 그들에게 주어진 가장 큰 진실처럼 느껴졌다. 그런데 누군가 휘장을 걷어내며 얼굴을 디밀었다.

"아가씨, 여기 계셨어요?"

뜻밖의 방해자는 휘장 안의 묘한 분위기를 애써 모른 척하며 줄리엣에게 밖으로 나오라는 손짓을 했다.

"아, 유모!"

"어머니께서 꼭 하실 말씀이 있답니다."

"어머니께서?"

줄리엣은 채 가시지 않은 뺨의 홍조를 지우려는 듯 두 손으로 얼굴을 감싸고선 로미오를 쳐다봤다.

"가봐야겠어요."

"잠깐만요, 당신 이름은?"

"줄리엣, 줄리엣 캐퓰렛! 당신은요?"

"아, 나는……."

로미오는 두 여자를 번갈아 쳐다보았다. 유모는 그가 얼른 이름을 말해 그녀의 아가씨를 데려갈 수 있기를 바라는 눈치였다. 하지만 그는 단 한마디도 입 밖으로 내뱉지 못했다. 캐퓰렛이라고? 캐퓰렛의 딸인 그 줄리엣? 어떻게 이런 일이! 어떻게 이처럼 가혹한 일이…….

"아가씨, 얼른요. 이 분은 자기 이름도 모르나 봐요. 얼른 나와요."

유모의 손에 이끌려 밖으로 나가면서도 줄리엣은 로미오에게서 시선을 떼지 않았다. 하지만 로미오는 그녀가 알고자 하는 것, 알아야 하는 것을 가르쳐주지 못한 채 고개를 숙여 버렸다.

10

그리하여도 사랑

로미오는 아주 오랫동안 담장 아래 서 있었다. 처음엔 캐풀렛 저택에서 가장 먼 곳으로 가버릴 생각이었다. 흥겹게 춤을 추는 사람들로 들뜬 홀의 분위기나 가면 아래의 표정을 적나라하게 드러내는 불빛, 끊임없이 말을 시키는 친구들이 없는 곳으로 가고 싶었다. 무엇보다 그를 가장 견디기 힘들게 만드는 존재, 줄리엣을 생각하지 않아도 되는 곳에서 정처 없이 배회하고 싶었다. 가능하다면 그러고 싶었다. 하지만 그의 발걸음은 그의 마음을 배반했다. 아니, 어쩌면 그의 마음이 진정으로 원하는 게 무엇인지 발걸음이 먼저 알아차렸는지도 몰랐다. 정말이지 그는 그녀가 있는 곳, 담장 너머 어딘가에 있을 그녀를 두고 단 한 발짝도 떠날 수 없었다.

"높지는 않아."

로미오는 담장의 높이를 가늠하며 중얼거렸다. 사실 사람 키의 두 배쯤 되는 담장은 누가 봐도 꽤 높았지만 그는 그곳을 넘을 자신이 있었다. 담장을 따라 줄줄이 서 있는 나무가 그를 그녀에게 데려다줄 사다리로 보였던 것이다. 사람이 올라타기에 가장 적절한 나무가 어떤 것인지를 살폈다. 그러는 동안, 저택의 불이 하나 둘 꺼지고 취흥을 채 거두지 못한 사람들이 대문 밖으로 나오는 기척이 느껴졌다. 로미오는 재빠르게 나무 뒤로 몸을 숨긴 채 상황을 지켜봤다. 우르르 몰려나오거나 삼삼오오 짝을 이룬 사람들이 대여섯 차례 지나간 것을 본 후, 그는 물구나무를 선 채 다리를 벌린 것 같은 나무 위에 올라섰다. 팔을 높이 들고 담장의 끄트머리를 잡으려 할 때였다.

"로미오, 내 사촌 로미오!"

그를 찾는 벤볼리오의 음성이 들리자 로미오는 나뭇가지 사이로 몸을 숨겼다.

"어딜 간 거야?"

"로잘린을 보는 게 그토록 괴로웠을까? 하기야 대답 없는 사랑은 그런 거지."

"그렇다고 이렇게 도망을 치나?"

"아!"

"왜?"

"저 나무!"

"나무가 왜?"

"나무가 사랑에 빠진 청년을 잡아먹은 것 같아서."

"무슨 소리를 하는 거야, 머큐쇼? 쓸 데 없는 말은 그만 하고 로미오나 찾아봐."

"찾았지만 찾지 않은 것으로 하지. 자네도 봉사가 아니라면 저쪽을 보라고. 하지만 자네도 찾았지만 찾지 않은 것으로 해야 할 걸."

"아!"

"이제야 눈이 보이나? 그가 사귀고 싶은 건 습기 찬 이 밤인가?"

"아니면, 나무이거나. 어쨌든 숨으려고 하는 것만은 틀림없는 사실이지. 자네 말이 옳아. 찾으려 하는 건 쓸 데 없는 일이야. 가자, 숨으려는 자의 마음을 더 이상 불편하게 하지 말고."

벤볼리오와 머큐쇼는 의미심장한 눈빛으로 로미오가 숨은 나무 쪽을 한 번 쳐다본 후 길 아래로 사라졌다. 그제야 한숨을 돌린 로미오는 담장 위로 풀쩍 뛰어 올라서는 길 쪽을 내려다봤다. 달빛 아래 길은 적당히 밝았고, 또 적당히 어두웠다. 그 길가를 거니는 것은 이제 들고양이밖에 없었고, 놈은 로미오를 올려다보고도 아무 관심도 없다는 듯 휙 돌아서 가버렸다. 이번에는 담장 안쪽을 살폈다. 불을 밝힌 몇 군데의 방과 복도의 창을 통해 이리저리 오가는 사람들의 모습이 보였다. 무도회는 막을 내렸지만 저택의 사람들은 분주하게 뒤처리를 하는 중이었다. 로미오는 가뿐한 몸놀림으로 정원으로 뛰어내렸다. 그녀를 만나는 것, 그것이 오늘 자신에게 주어진 운명이라는 데 추호도 의심하지 않았다. 만나게 될 것이다. 캐퓰렛의 저택이 아무리 넓어도 그곳 어딘가에 줄리엣이 있다면, 분명 그녀를 찾아낼 것이다. 어떠한 근거도 계획도 없이 그는 무작정 믿었다. 로잘린을 사랑한다고 여겼을 때는 갖지 못한 믿음이었다. 아니, 그의 인생을 통틀어 이처럼 확신을 가져본 적이 없었다. 일단 그는 2층을 올려다봤다. 밤이 되었어도 한여름의 무더위는 사그라지지 않았다. 더위를 쫓아내는 가장 좋은 방법은 문을 활짝 열어 놓는 것이다. 당연히 모든 베란다의 문이 꼭 꼭 닫혀 있지만은 않을 것이다. 그리고 그 생각은 옳았다. 그가 서 있는 곳의 2층 베란다 문이 활짝 열려 있었다. 그는 그곳으로 올라가기 위해 등나무 줄기 아래에 발을 올렸다. 그때였다. 놀랍게도 누군가 그의 이름을 입에 올리는 것이 들렸다.

"이름은 로미오고, 몬터규네 사람이며, 원수 집안의 외동아들이랍니다."

"몬터규? 몬터규라고? 아, 유모! 괜히 알아보라고 했어. 유모에게 그의 신분을 알아오라고 하는 게 아니었는데. 하지만 결국 알아야 하는 일이었겠지. 모르고 너무 일찍 만났고, 알고 나니 너무 늦었구나! 나에게 이 사랑은 불길한 탄생이야."

"아가씨, 무슨 소리를 하는 거예요?"

"오늘 무도회에서 배운 시 한 수야."

"낯빛이 창백해요. 물이라도 드릴까요?"

"아니, 유모! 그냥 쉬고 싶어. 그러니 날 내버려두고 나가 줘."

"하지만……."

"유모, 정말이야. 혼자 있고 싶어. 혼자 있다 보면 나아질 거야."

"예, 예, 그러죠. 그걸 원하시니."

뒤이어 발자국 소리가 들렸고 문을 여닫는 소리가 들렸다. 로미오는 등나무 줄기를 잡은 손을 놓고 벽에 등을 기대고 섰다.

'내가 누구인지 알아버렸구나.'

언젠가 알게 될 일이었지만 그 언젠가가 지금은 아니라고 생각했다. 그런데 그녀가 지금 알아버린 것이다. 로미오는 갑자기 다리에 힘이 풀려 서 있을 수가 없었다. 벽에 등을 기댔다. 길고 짙은 한숨이 절로 새어 나왔다. 이젠 간절한 구애도 소용없는 일이 된 건가? 무도회장에서 그를 보던 그녀의 눈빛엔 사랑이 담겨 있었다. 하지만 이젠 그 사랑을 접어 버리겠지. 그녀의 사랑은 내가 누구인지 몰랐을 때 줄 수 있는 거였으니까. 이제 다시는 그런 눈빛을 볼 수 없게 된 건가? 그녀를 볼 수 없다는 생각이 들자, 그녀가 더욱더 보고 싶어졌다. 너무나, 너무나 보고 싶었다. 바로 위에 있는 것을 알기에 그 마음은 더욱 거세게 타올랐다. 보고 싶었다. 그녀가 내 정체를 알았다고 해도, 그녀가 나를 거부한다고 해도, 심지어 그녀가 그 아름다운 입술로 소리를 질러 다른 이들을 불러들인다 해도 그녀를 한 번만이라도 보고 싶었다.

"로미오."

또다시 그의 이름이 들렸다. 처음엔 대화 속에 거론된 이름에 불과했지만 이번엔 자신을 부르는 소리였다. 로미오는 그 말에 대답하듯 벽에서 두어 걸음쯤 떨어져 나와 소리가 난 쪽을 올려다보았다. 베란다에는 줄리엣이 서 있었다.

"로미오."

그녀의 입술이 또다시 로미오의 이름을 담았다.

"로미오, 그대는 어째서 로미오인가요? 아버지의 이름을 부인하고 그대의 이름을 거부해요. 그렇게 못한다면 애인이란 맹세만 하세요. 그럼 나도 더 이상…… 캐퓰렛이 아니에요."

나와 같은 마음이다, 그녀도. 그러한 생각에 로미오는 당장이라도 그녀에게 말을 걸고 싶었다. 나도 그래요. 당신을 위해서라면 몬터규의 이름을 거부할 수도 있을 거요. 하지만 그는 자신의 목소리를 듣기보다는 줄리엣의 감미로운 음성을 더 듣고 싶었다.

"그대의 이름만이 나의 적일 뿐이죠. 몬터규가 아니라도 그대는 그대이죠. 몬터규가 뭔데요? 손도 발도 아니고 팔이나 얼굴이나 사람 몸 가운데 어느 것도 아니에요. 이름이 별건가요? 그대와 상관없는 그 이름 대신에 나를 다 가지세요."

"이름 같은 건 아무것도 아닙니다."

더 이상 참지 못한 로미오는 그렇게 말하며 베란다에서 자신을 내려다볼 수 있는 위치로 가볍게 발걸음을 옮겼다. 그와 동시에 그는 소리가 들린 쪽을 향해 고개를 돌린 줄리엣의 눈과 마주쳤다.

"아⋯⋯."

처음엔 놀란 듯했지만 곧 기쁨이 스며든 눈동자에 불안감이 자리를 잡았다. 뒤이어 그녀는 갑자기 몸을 휙 돌려 방으로 통하는 문을 닫아버렸다. 그 바람에 그녀를 감싸 안은 불빛은 차단되었다. 대신, 달빛이 그녀의 검은 머릿결과 흰 피부를 은은하게 비추어 주었기에 로미오는 여전히 그녀의 얼굴을 또렷이 볼 수 있었다.

"어떻게 오셨어요? 정원의 담은 높고 높은데, 어떻게 넘어오셨어요? 아, 발각되면 위험해요. 누군가 당신을 발견하기라도 한다면⋯⋯, 살해할 거예요."

"당신을 보고 싶었어요. 당신은? 당신은 그렇지 않았습니까?"

"여긴 위험해요."

"내겐 당신의 사랑을 얻지 못하는 게 더 위험한 일입니다."

"하지만 전 당신의 안위가 걱정이 돼요."

"걱정하지 말아요. 당신의 말 한마디면 됩니다. 내가 당신을 사랑하듯, 당신도 나를 사랑한다는 그 말이요. 저 달에 맹세코……."

"지조 없는 달에게 맹세하지 마세요. 당신의 사랑이 바뀔 것이 아니라면."

"그럼 어디에다 맹세를 하죠?"

"맹세하지 마세요. 하겠다면 당신 자신에게 맹세하세요. 그럼 믿을게요."

"그럼 맹세코……."

"아니, 아니에요. 맹세하지 말아요. 너무나 성급하고, 무모하고, 빨라요. 쉽게 타오르는 불꽃이 쉽게 꺼지는 법이잖아요. 그러니 그렇게 쉽게 맹세하지 말아요. 오래도록 달아오를 수 있게 맹세를 아껴요. 어서, 어서 가요, 누가 보기 전에."

"그럴 수가 없어요, 원하는 것을 얻기 전까지는."

"원하는 게 뭔가요?"

"사랑의 서약. 그걸 교환하고 싶습니다."

"짓궂네요. 당신이 요청하기도 전에 드렸잖아요. 내 말을 다들었잖아요. 내 마음을 다 알아버렸잖아요. 하지만 그래도 필요하다면……."

줄리엣은 더는 말을 잇지 못했다. 바로 그 순간 누군가 그녀의 방 안으로 다가오는 기척을 느낀 것이다. 바짝 긴장을 한 줄리엣은 문 앞으로 가 섰다. 뒤이어 안에서 들려오는 소리에 귀를 기울이더니 다시 난간 쪽으로 와서는 빠르게 말했다.

"유모가 부르고 있어요. 날 찾지 못하면 곧 이 문을 열고 말거예요. 그러니 잠시만 기다려요. 곧 돌아올 테니까."

로미오가 무어라 답변하기도 전에 창가에서 사라진 줄리엣이 다시 모습을 드러낸 것은 1분도 채 되지 않아서였다.

"다시 못 보는 줄 알았습니다. 이 모든 게 실제라고 하기엔 너무나 기분 좋은 꿈이라서. 만일 꿈이라면 잠에서 깨지 말아야 할 텐데."

"유모가 아직 방 안에 있어요. 그러니 세 마디만 하고 갈게요. 그대가 사랑하는 방향이 올바르고 목적이 결혼이면, 내일 내가 보내는 사람에게 말씀을 전해 주세요. 어느 때 어디서 예식을 거행할지."

"예식이요?"

"네, 예식!"

"예식······."

"싫은가요?"

"아니······."

그때였다. 방 안에서 줄리엣을 부르는 소리가 로미오의 귀에까지 들렸다.

"이젠 정말 시간이 없네요. 만일 당신이 좋지 않은 의도로 저를 만나려는 것이라면, 정말로 간청컨대······."

"아가씨! 어딜 가신 거야?"

"중단해 주세요."

"아가씨!"

"내 영혼에 맹세코, 당신을 원합니다."

"내일 사람을 보낼게요. 좋은 밤을 보내요. 수천 번은 더 좋은 밤을 보내요."

줄리엣은 그렇게 말하고 쏜살같이 방 안으로 달려 들어갔다. 갑자기 홀로 남겨진 로미오는 길 잃은 아이처럼 멍한 표정으로 줄리엣 덕분에 세상 그 어떤 곳보다 아름다운 장소가 되어 버

린 베란다 난간을 올려보고만 있었다. 그런데 다시 문이 열리더니 줄리엣이 모습을 드러냈다.

"줄리엣!"

"쉿! 아직 유모가 있어요. 내일 몇 시에 사람을 보낼까요?"

"아홉 시요."

"꼭 그렇게 할게요. 그리고 로미오."

"말해요."

"로미오."

"네, 당신의 음성을 듣고 있어요."

"잊어버렸어요. 당신을 왜 불렀을까요?"

"기억날 때까지 여기 있을게요."

"당신을 보내야 하는데…… 당신에게 여긴 여전히 위험한 곳이에요. 잘 가요. 잘 자요."

그 말을 끝으로 줄리엣은 다시 방문 저편으로 사라졌다.

"잘 자요. 오늘 밤 당신은 내게 가장 큰 기쁨을 주었습니다."

로미오는 줄리엣이 방 안으로 모습을 감춘 이후로도 아주 오랫동안 베란다를 올려다봤다.

11

벅차오르는 마음

자연의 어머니인 대지는 수없이 많은 식물을 품고 있었고, 그 식물들은 식용이나 약용으로 사람들에게 은혜를 베풀었지만 로렌스의 관심은 독초들에 있었다. 그가 독초에 관심을 가지는 건 누군가를 해하기 위해서가 아니었다. 오히려 다른 식물들이 갖지 못한 성분을 독초에서 빼내어 그것을 약으로 사용하기 위해서였다.

오늘도 그는 새벽 일찍부터 수풀 속으로 들어가 온갖 독초들을 버들 바구니에 한가득 채울 수 있을 만큼 찾아냈다. 지금은 독초에 불과하겠지만 그것은 곧 특유의 이로움을 가진 약초로

거듭날 것이다. 그것이야말로 그가 독초를 찾고 연구하는 데 많은 시간을 기울이는 이유였다.

로렌스는 사택에 도착하자마자 오늘 캐낸 독초들부터 살폈다. 그 효험을 익히 알고 있는 풀도 있었지만, 아직 그 효험을 연구하지 못한 풀도 있었다. 일단 그는 아직 연구가 덜 된 풀들을 따로 선별해 두며 중얼거렸다.

"냄새로만 봐서는 전신에 활력을 주는군. 하지만 맛을 보게 되면 심장이 멈추게 될지도 모르지. 미덕과 악덕이 함께 있어. 하지만 어떤 걸 더 좋다고 할 수 있을까? 미덕도 잘못 쓰면 악덕으로 바뀌고, 악덕도 때로는 영예를 얻기도 하는걸."

"맞는 말씀입니다, 신부님."

이미 몇 분 전에 로렌스의 방으로 들어섰지만, 방 주인이 테이블 위의 풀들에게 온통 정신이 빼앗겨 있는 것을 본 로미오는 이때다 싶어 말을 걸었다. 깜짝 놀라 뒤돌아본 로렌스는 문 앞에 로미오가 서 있는 것을 보고는 피식 웃었다.

"무슨 일이냐?"

"무슨 일이라뇨? 무슨 일이라도 있기를 바라는 건가요?"

"이렇게 이른 아침부터 나를 찾아온 건 골치 아픈 일이 생겼다는 뜻이겠지.”

“과연 신부님이십니다.”

“그래, 무슨 일이냐? 꼴을 보아하니 어젯밤에 한숨도 자지 못했구나.”

“네, 한숨도요. 하지만 그렇기에 더 달콤한 휴식이었습니다.”

“달콤한 휴식? 그 말은…… 맙소사! 죄를 지은 거냐? 로잘린과 함께 있었던 거냐?”

“로잘린이요? 아닙니다, 신부님. 그 이름은 잊었어요.”

“잊었다?”

“네! 그 이름 때문에 가진 비탄도요.”

“반가운 소식이구나. 그럼 이제 이 늙은이가 연애상담으로 시간을 허비할 필요가 없겠군. 가만 보자, 이 풀은…….”

로렌스는 로미오에게서 시선을 돌렸다. 지금 그는 방금 전 분류해 둔 풀을 푹 삶은 뒤 그 물의 성분을 연구하는 데 온 신경을 집중시키고 싶었던 것이다.

“그런데 신부님, 캐풀렛의 딸을 제 마음에 두게 되었습니다.”

순간, 로렌스는 어찌나 놀랐던지 들고 있던 풀을 떨어뜨릴 뻔했다.

"그녀도 저와 같은 마음이고요."

"캐퓰렛의 딸? 캐퓰렛의 딸이라고? 젊은이의 사랑은 정말 변덕스러운 것이구나. 아니면, 애당초 진심이 없었던가. 그렇게도 사랑하던 로잘린을 이처럼 빨리 잊어버린 것만도 놀라운 일인데, 캐퓰렛의 딸이라니! 몬터규의 아들이 캐퓰렛의 딸이라니!"

"로잘린을 사랑한다고 꾸중하셨잖아요."

"내겐 그저 잠시 혹한 것으로 보였으니까."

"어쨌든, 사랑을 묻어라, 그러셨습니다."

"무덤 속에 하나를 묻고, 대신 다른 하나를 꺼내라고 한 건 아니다."

"지금은 저를 나무라지 말아주세요. 로잘린과 달리 줄리엣은 절 사랑하고 있으니까요. 우린 서로 사랑을 주고받았습니다."

"이번엔 진심이라는 거냐? 하지만 믿을 수가 없다. 젊은이의 사랑은 진실로 마음 속이 아니라 눈 속에 있다는 걸 네가 보여주었으니 말이다. 게다가, 그녀가 캐퓰렛의 딸이라면…… 이쯤에서 그만 두어라."

"신부님은 항상 그만 두라고만 말씀하시는군요."

"그럼 내가 더 이상 어떻게 말할 수가 있겠니?"

"도와주세요. 그 부탁을 하려고 찾아왔습니다."

"좋은 일이 아니다. 결코 좋은 일이 아니야. 그런데 어떻게 도 와주겠니? 또 내가 뭘 도와줄 수 있겠니?"

"미덕도 잘못 쓰면 악덕으로 바뀌고, 악덕도 때로는 영예를 얻기도 한다. 방금 전 신부님께서 하신 말씀입니다. 미덕과 악 덕의 구분이 있습니까? 독초도 약이 되지 않습니까? 하물며 어떤 사랑을 두고 좋고 나쁘고를 판단할 수 있겠습니까?"

"말은 그럴듯하다만…… 로잘린 때문에 네 뺨 위에 흘린 눈 물이 얼마더냐? 또 그때마다 넌 얼마나 많은 한숨을 뱉어냈더 냐? 아직도 네 신음소리가 들리는 것 같은데, 넌 지금 그 모든 게 아무것도 아니었다고 말하고 있다. 줄리엣을 사랑한다고? 변덕스러운 그 마음이 이번에는 변치 않는다는 걸 내가 어떻게 믿을 수 있겠니?"

"믿음은 제가 말로 드릴 수 있는 건 아니죠. 신부님께서 저를 지켜볼 시간이 필요한 일입니다. 하지만 전 신부님의 믿음을 얻기 위해 기다릴 만한 시간이 없어요. 줄리엣과 전 오늘 결혼 할 거니까요."

"결혼? 결혼이라고 했니?"

"예, 신부님! 그래서 더욱더 신부님의 도움이 필요합니다."

"그게 무슨 말이냐? 어떻게 하룻밤 사이에……."

"하룻밤이 아닙니다. 제게는 그 시간이 10년이고 100년이었습니다."

"이런, 이런…… 보통 일이 아니구나. 얘야, 이리로 좀 앉아봐라. 자세한 이야기를 들어야겠다."

"신부님, 서둘러야 해요. 곧 줄리엣이……."

"천천히 현명하게! 빨리 뛰면 넘어지게 마련이다. 그러니까 오늘 줄리엣과 너의 혼인을 내가 주관해 주기를 바라는 거냐?"

"그렇습니다."

"당연히 줄리엣도 이 사실을 알고 있는 거고?"

"말씀드렸다시피 저희는 서로에게 약속을 했습니다."

"그래, 짝사랑이 아닌 건 그나마 다행이구나. 하지만 위험하고 험난하구나."

"신부님이 도와주신다면 적어도 험난하지는 않을 겁니다. 그리고 신부님의 바람도 이룰 수 있고요."

"내 바람?"

"저희 가문과 캐풀렛 가문의 화해를 바라셨잖아요. 저희의 결

합이 두 집안의 화해를 이끌 수도 있을 겁니다."

로렌스는 피식 웃고 말았다. 그의 말마따나 베로나의 골칫거리라고도 할 수 있는 두 집안의 불화를 잠식시킬 수만 있다면 이처럼 축복 가득한 만남도 없을 것이다. 하지만 로미오의 입에서 나온 그 말은 오로지 사랑에 눈이 먼 젊은이가 늙은 신부에게 도움을 요청하기 위해 던진 미끼에 불과했다.

"네 진심은 그것이 아니지 않느냐?"

"진심입니다. 하지만 설혹 그렇지 않다고 해도 결과는 같을 겁니다. 생각해 보십시오. 신부님은 왜 독초를 연구하시는 겁니까?"

"그게 이 일과 무슨 상관이냐?"

"땅 위에 사는 것은 아무리 사악해도 특유의 이로움을 조금이라도 땅으로 되돌려주는 법이라고 입버릇처럼 말씀하셨잖습니까?"

"그래서?"

"독이 머물 자리를 찾으면, 약은 힘을 얻는다면서요? 그것이 사실이라면 저희의 사랑도 독의 나쁜 점만을 가지고 있지는 않을 겁니다."

"정말 말로는 당해낼 재간이 없구나. 그래, 네 말이 맞다. 세상의 어떤 일이 나쁘기만 하겠느냐? 네 말대로 너희의 결합이 정말로 행복하여 두 집안의 원한이 순수한 사랑으로 바뀔 수도 있겠지."

"신부님!"

"그렇게 좋아하는 표정은 짓지 말거라. 아직까진 이 모든 일이 조심스럽기만 하니."

"고맙습니다. 신부님! 정말 고맙습니다."

"인사는 나중에. 조심스러운 일이라고 하지 않았느냐? 그나저나 무엇부터 준비를 해야 한담……."

"줄리엣이 저희 집으로 사람을 보내기로 했습니다. 그 사람에게 이렇게 말하겠습니다. 로렌스 신부님이 도와주시기로 하셨다고. 그러니 오후에 신부님의 성당으로 와달라고요."

"알았다. 그럼 난 너희들의 예식을 준비해 둘 테니 어서 다녀오렴."

"예, 신부님! 바람보다도 빠르게 다녀오겠습니다."

문을 열고 나가다 말고 로미오는 뒤돌아서더니 로렌스를 덥석 안았다.

"이놈아, 무슨 짓이냐?"

"천군만마를 얻은 듯 든든합니다. 하느님, 독초를 좋아하는 이 이상한 신부님에게 축복을 내려주십시오."

뒤이어 성호까지 긋고는 부리나케 나가는 로미오의 뒷모습을 보는 로렌스의 표정은 밝지만은 않았다.

12
짧은, 그러나 길고 긴 기다림

"유모는, 유모는 아직 안 왔어?"

방금 전에도 똑같은 질문을 했다는 걸 잊어버리고 줄리엣은 하녀인 아이에게 물었다. 벌써 다섯 번이나 질문을 받은 아이가 고개를 절레절레 흔들자, 줄리엣은 깊은 한숨을 내쉬곤 문쪽으로 시선을 돌렸다. 그때 성당의 고탑에서 11시를 알리는 종소리가 들려왔다. 로미오와 약속한 대로 유모가 9시에 만났다면 적어도 한 시간 전에는 도착하고도 남을 시간이었다.

"왜 안 오는 거야? 어째서 안 오는 거야? 이렇게 시간이 지났는데. 혹시 만나지 못한 건가? 얘, 대문 밖으로 나가서 유모가 어디까지 왔는지 살펴봐."

그때 방문을 열고 들어선 유모가 하녀 대신 퉁명스럽게 대꾸했다.

"그럴 필요 없어요, 아가씨. 이 늙은이가 왔으니까요. 애, 넌 나가 보거라. 아가씨의 닦달에 고생이 많았을 거다."

하녀가 나가자 유모는 시무룩한 얼굴로 입을 꼭 다물곤 가까이에 있는 의자에 털썩 앉았다.

"착한 유모, 왜 그렇게 슬퍼 보여? 혹, 소식은 슬퍼도 유쾌하게 말해 줘. 아니면 좋은 소식인데도 그렇게 슬픈 얼굴을 하고 있는 거야?"

"피곤해요. 잠시 날 내버려두세요. 아이고, 뼛골이야! 참 멀리까지 쏘다녔지."

"유모, 유모! 내 뼈를 가져가고 소식은 날 줘. 그분은 만났어? 뭐라고 말해?"

"원, 급하기도 하지. 잠시도 못 기다리겠어요? 이 늙은이가 숨이 차 헉헉거리고 있는 것은 보이지도 않아요?"

"정말로 숨이 찬다면 한마디도 할 수 없잖아? 좋은 소식이야, 나쁜 소식이야? 그것부터 대답해 줘."

"에휴, 아가씨, 아가씨!"

"왜? 어떤 말을 들은 거야?"

애가 닳은 줄리엣이 발까지 동동 구르는 바람에 유모는 깊은 한숨을 내쉬었다.

"유모!"

"귀청 떨어지겠어요. 어떤 소식이냐고요? 제 의견부터 말하죠. 아가씬 어리석은 선택을 했어요. 남자를 어떻게 고르는지 알지 못해요. 로미오요? 그는 아니에요. 누구보다 잘생겼고 늘 씬하지만…… 아니, 이런 건 어떤 가치도 없죠. 그는 예절의 꽃이 아니에요. 예절이라곤……."

유모는 말하다 말고 또 한숨을 내쉬었다.

"정말, 예절이라곤 눈을 씻고 봐도 찾을 수가 없었죠. 그래요. 솔직하게 말할게요. 예의가 없는 건 로미오의 친구들이었어요. 정말이지 그의 친구들은 신사가 아니었어요. 이 늙은이를 조롱하고 놀렸죠. 아가씨도 들었다면 기절초풍했을 거예요. 그렇지만 로미오는 양처럼 온순하기는 했어요. 날보고 '사랑스러운 유모'라고 하더라고요. 게다가 또 어찌나 자상한지……. 아, 참! 식사는 하셨어요?"

"식사? 식사라고? 유모, 그런 건 중요하지 않아. 그가 전한 말을 들려줘. 우리들의 결혼에 대해 뭐라고 했어?"

"아이고, 머리야! 내 머리가 왜 이렇지? 산산조각 날 것같이 지끈지끈거리네."

유모는 정말 머리가 아파 견딜 수 없다는 듯 얼굴을 잔뜩 찌푸리며 벌떡 일어났다. 뒤이어 방 안을 이리저리 휘젓고 다니며 허리가 아프다느니, 다리가 아프다느니 투덜거리면서 줄리엣 쪽은 쳐다보지도 않았다.

"유모, 몸이 안 좋은 건 정말로 미안해. 그이가 뭐라고 했어?"

"마님은 어디에 계세요?"

"그야 방에 계시겠지. 그이가……."

"앞으론 직접 만나요."

"그래, 그럴 거야. 그러니 말해. 로미오가 뭐라고 했는지."

"마님에게 오늘 고해성사 가는 건 허락을 받았어요?"

"받았어."

"그랬군요. 마님도 참! 아가씨가 딴 마음이 있다는 걸 안다면……."

"유모!"

"로렌스 신부님의 성당으로 가요. 아내로 맞이해 줄 남편이 있을 테니."

그제야 줄리엣은 긴장이 풀린 듯 침대 귀퉁이에 털썩 앉더니 기쁨의 탄성을 내질렀다. 생기가 감도는 눈동자와 붉게 달아오른 뺨은 지금 그녀가 얼마나 행복한지를 말해 주고 있었지만, 그 모습을 보는 유모의 마음은 한없이 심란하기만 했다.

"아! 내 정신 좀 봐. 치장을 해야겠어. 내가 가진 것 중에서 가장 좋은 옷, 아니, 가장 예쁜 옷으로 가져와 줘. 머리는 땋는 게 좋겠지? 아니야, 푸는 게 나을까? 유모, 구두는? 아! 유모, 시간이 없어. 어떻게 꾸미는 게 좋을지 말해 봐. 아니야, 그냥 내가 하는 게 낫겠어. 굼뜬 유모에게 시킬 일이 아니지."

줄리엣은 그야말로 재빠르게 움직이며 옷장과 신발장을 뒤지기 시작했다. 하지만 그 무엇 하나도 제대로 찾아내지 못했다. 되레 옷장과 신발장을 어지럽힐 뿐이었다. 유모는 그녀의 마음만큼이나 무거운 몸을 이끌곤 옷장으로 향했다.

"내가 지금 뭘 하고 있는지 모르겠네. 주인어른과 마님도 모르는 예식을 돕고 있다니, 천벌을 받을 거야."

"유모!"

"아, 예, 예! 아가씨를 위해 뭔들 못하겠어요. 살인만 빼고. 아니, 이런 식이라면 살인도 할지 모르지."

"걱정하지 마. 그런 일은 안 시킬 테니까."

"암요, 그러셔야죠. 이 옷은 어때요? 아가씨 생일에 입힐 거라고 마님께서 준비한 옷이죠. 눈꽃처럼 하얀 드레스는 아가씨의 고운 피부와 어울려요. 자색 비단 실로 수놓은 모양새 좀 봐요. 이처럼 고급스럽고 아름다운 문양을 본 적이 있어요?"

"그래, 그게 좋겠어. 유모, 고마워. 이래서 내가 유모를 좋아한다니까."

"입에 발린 말은 하지 말아요. 아가씨가 어떤 말을 해도 이 늙은이의 가슴에 맺힌 답답함을 풀 수는 없을 거예요. 어디 보자, 구두는……."

유모가 신발장을 살피는 동안 줄리엣은 드레스를 몸에 대보고는 한 바퀴 빙그르르 돌아보았다. 세상의 어떤 신부가 이처럼 행복할 수 있을까. 그녀의 마음은 이미 로미오가 있는 곳을 향해 달려가고 있었다.

13
그들만의 결혼식

로미오는 창에서 시선을 떼지 못했다. 언제쯤이면 그녀가 올까? 지금 도착할 때가 되지 않았나? 이런저런 생각을 하다 보니 그것은 자연스럽게 걱정으로 연결되기도 했다. 혹시 올 생각이 없는 건가? 내 말이 제대로 전해지지 않았나? 그 사이에 마음이 변한 것은 아닌가? 막상 결혼을 하자니 두려운가? 로미오가 오만 가지 걱정에 애가 닳아 어쩔 줄 몰라 하는 가운데 로렌스 신부의 기도 소리가 들려왔다.

"성스러운 이 혼사에 하늘은 미소를 짓고 슬픔은 나중에 내려 꾸중하지 마소서."

"아멘, 아멘! 하지만 어떤 슬픔이 오더라도 그녀와 함께라면 괜찮습니다. 그런데 왜 이렇게 안 오는 걸까요?"

"올 사람이라면 올 것이다."

"올 사람이라면? 와요. 당연히 올 겁니다. 전날 밤 그녀가 제게 준 약속은 세상 어떤 것보다 고귀했으니까요."

"그렇게 믿는데 뭘 그렇게 불안해하는 거냐?"

"신부님은 사랑을 몰라요."

"그럴지도 모르지. 하지만 이건 안다. 이처럼 격렬한 사랑은 불꽃과 화약처럼 절정에서 사라진다는 것을. 꿀이 너무 달다 보면 감미로움 자체에 싫증을 느끼게 되지."

지금 로미오에게 로렌스의 충고는 아무 소용도 없었다. 심지어 로렌스의 목소리가 아무 의미도 없는 중얼거림처럼 들리기까지 했다. 그의 눈과 귀는 전부 창밖으로 향해 있었기에 그 방 안에 있어도 그 방 안에 있는 것이 아니었다.

"아!"

이후로도 한참을 창밖에서 시선을 떼지 못하던 로미오는 탄성을 내지르는 것과 동시에 문 쪽으로 달려갔다.

"줄리엣이구나."

로렌스 역시 창 너머로 줄리엣의 모습을 발견하고는 중얼거렸다.

"가벼운 발걸음이구나. 정말로 가벼운 발걸음이구나. 사랑하는 사람을 찾아오는 저 발걸음을 누가 막을 수 있을까. 하지만 덧없어라. 세상의 모든 기쁨……."

† † †

'덧없어라. 세상의 모든 기쁨.'

로미오는 로렌스가 중얼거렸던 그 말을 떠올리며 아치형의 높은 천장과 차가운 질감이 느껴지는 대리석 바닥을 쓱 둘러봤다. 기품이 있으면서도 넓은 공간은 결혼식장으로 손색이 없었다. 게다가 스테인드글라스를 통과한 빛들이 어두운 공간을 다양한 색체로 밝혀 주기까지 했다. 하지만 축하의 인사를 해줄 단 한 명의 하객도 없었다. 그 공간에 있는 건 오로지 로미오 자신과 세상에서 가장 아름다운 신부 줄리엣, 그리고 그들의 예식을 주관하는 로렌스 신부뿐이었다.

줄리엣과 두 손을 마주 잡고, 서로에게 가장 아름다운 사람이 되겠노라 신 앞에서 맹세를 하는 건 세상의 모든 기쁨에 맞먹는 일이었다. 그들이 알고 있는 가장 경건한 언어로 맹세의 서약을 하는 순간에는 다른 이의 축하 같은 건 아무 의미도 없었다. 신이 알고 그들 스스로가 아는 것으로도 충분했다. 죽음이 갈라놓지 않는 한 절대 헤어지지 않겠다는 맹세, 그리고 이제는 부부의 연으로 이어졌다는 사실은 결코 뒤바뀔 수 없는 진실이니까. 때문에 설혹 오늘의 맹세가 지켜지지 않는 날이 온다 해도 지금 이 순간의 진실이 덧없어지는 일은 없을 것이다. 세상의 모든 것은 순간순간의 가치다. 그 순간이 연이어 붙기도 하고 끊어지기도 하겠지만, 어떠한 경우에라도 그것이 없는 일이 되어버리지는 않는다. 덧없다고 느끼는 건 지나간 시간을 잡을 수 없기 때문이리라. 오히려 모든 것이 순간의 일임을 인정하고 그것을 받아들인다면 세상 무엇이 덧없는 일일 수가 있을까.

로미오는 지금 이 순간의 기쁨, 가족도 친구도 없는 예식이지만 그가 가장 사랑하는 존재인 줄리엣과 같은 마음으로 맹세를 하는 이 시간의 기쁨을 오롯이 즐겼다. 지나가리라. 또한, 언젠가 변질이 될 수도 있으리라. 하지만 이 순간은 결코 사라지지

않으리라.

줄리엣, 그녀의 이름을 담은 그의 입술이 사랑의 맹세를 내뱉은 순간, 또한 로미오, 자신의 이름을 부르는 그녀의 입술이 사랑의 맹세를 담은 그 순간은 이제 신이라도 바꿀 수 없는 진실이 되어버렸다.

14
잔인한 운명의 수레바퀴

"머큐쇼. 부탁인데 제발 좀 물러나자. 날은 덥고 캐풀렛 사람들이 돌아다녀. 만나면 싸움을 피할 수 없을 거야. 이렇게 더운 날엔 미친 피가 끓으니까."

벤볼리오는 불안한 마음을 감추지 못하고 머큐쇼의 손목을 붙잡았다. 오늘 따라 유독 캐풀렛 가의 사람으로 보이는 이들이 많았다. 잘못 길을 들어섰다간 틀림없이 싸움이 날 것 같은 예감도 들었다.

"넌 선술집에 들어가 탁자 위에 자기 칼을 탕 올려놓고는 '네가 필요할 일이 절대 없기 바란다.'라고 하는 녀석과 똑같아.

그러다가 두 잔쯤 마시고 술기운이 돌면 친구에게 칼을 뽑지."

"내가 그런 자와 같다고?"

"그렇고 말고. 넌 이탈리아의 어떤 사내 못지않게 성질이 나 있어."

"내가? 네가 아니고?"

"너 말이야, 너! 네 머리는 싸울 생각으로 꽉 차 있어. 넌 어떤 사람이 길거리에서 기침한다고 싸웠잖아. 양복장이 하나와는 부활절이 오기도 전에 새 저고리를 입었다고 싸웠지. 또 하나와는 새 구두에 낡은 리본을 달았다고 싸웠고. 그러면서 내게는 싸움을 멀리하라고 가르쳐?"

"내가 만약 너처럼 툭하고 싸웠다면 살아 있지도 않았을 거야."

"어쨌든 살아 있잖아."

"바로 며칠 전에 군주의 엄명이 있었지. 이번에도 문제를 일으키면…… 아, 제길! 정말 골치 아프군. 저기 보이는 사람이 티볼트 맞지? 이럴 줄 알았다니까. 나쁜 예감은 꼭 들어맞아."

벤볼리오는 티볼트와 그의 일행들을 발견하곤 잔뜩 얼굴을 찌푸렸다.

"밟아버려. 상관 안 해."

"어련하겠어."

벤볼리오는 정말 당혹스러웠다. 머큐쇼는 싸우지 못해 안달이 난 사람처럼 굴었고, 점점 가까이 다가오고 있는 티볼트의 표정에선 꼭 싸우고 말 거라는 결의 같은 게 보였다. 그야말로 빠져나오기 힘든 진흙탕 속에 잘못 발을 디딘 듯했다.

"어이, 로미오의 패거리들!"

아니나 다를까, 티볼트는 그들을 그냥 지나치지 못하고 시비를 걸었다.

"패거리라고? 아니, 넌 우리를 악사 나부랭이로 취급하는 거야? 패거리라고? 제기랄!"

머큐쇼는 눈을 치켜뜨고는 칼부터 뽑아들었다.

"뭐가 불만이야, 패거리를 패거리라고 하는데? 그리고 일단 칼은 집어넣지. 보는 눈이 많은 곳이야. 조용한 곳으로 자리를 옮기자고."

"너나 옮겨, 난 누가 뭐래도 여기 있을 테니까."

"그래? 뭐, 아무래도 좋아. 죽을 장소를 찾아주려고 했더니. 이런 곳이라도 괜찮다면 말이야."

티볼트 역시 칼을 뽑아 들고는 앞으로 한 발짝 내밀었다. 뜨거운 햇볕 아래서 두 개의 칼날이 팽팽한 긴장감을 자아냈다. 순간, 그곳에 있는 모든 사람들이 숨을 죽였다. 이제 곧 시작될 싸움은 하인들이 아무렇게나 휘둘러대는 칼싸움과는 급이 다른 싸움이 될 것이다. 사람들의 기대와 흥분까지 뒤섞인 공간에서 머큐쇼와 티볼트는 서로를 응시하며 천천히 걸음을 옮겼다. 그때였다. 갑자기 로미오가 그들 사이로 끼어들었다.

"로미오!"

벤볼리오와 머큐쇼가 거의 동시에 소리쳤다.

"이런! 상놈까지 왔군."

뒤이어 티볼트가 깐죽였다.

"머큐쇼, 티볼트, 싸움을 멈춰! 머큐쇼, 내 친구! 이 싸움은 무익할 뿐이야. 그리고 티볼트, 너와 싸우지 말아야 할 이유가 생겼어. 그러니 제발 칼을 거둬."

"싸우지 말아야 할 이유 같은 건 없어, 로미오. 그런 게 있다고 해도 내게 줬던 모욕을 용서받지는 못할 거다. 그러니 칼을 뽑아."

"티볼트, 단언컨대 너를 모욕한 적이 없어. 그리고 난 훌륭한 캐풀렛, 그 이름을 소중하게 여기고 있으니, 이쯤에서 그만

두자."

"오! 조용하고 비열하고 더러운 복종이군."

머큐쇼가 믿을 수 없다는 눈을 하고선 중얼거렸다.

"머큐쇼, 이해해 줘. 그럴 일이 있어."

"그럴 일이라고? 친구, 넌 빠져. 지금 보인 모습만으로도 충분히 절망적이니까. 티볼트, 네 말이 옳아. 이곳엔 쓸 데 없는 사람들이 많아. 조용한 곳으로 자리를 옮기자."

"이젠 싫은데. 내가 볼일이 있는 건 네가 아니고 저 비겁한 로미오거든."

"그거 참 안된 일이군. 난 너한테 볼일이 있으니까."

머큐쇼는 말이 끝나기가 무섭게 티볼트를 향해 달려들었다. 티볼트 역시 머큐쇼의 급소만을 노리며 날카로운 칼날을 휘두르기 시작했다.

"머큐쇼, 제발 칼을 집어넣어!"

로미오가 소리쳤다. 하지만 이미 티볼트를 죽이는 것만이 유일한 목표가 되어버린 머큐쇼의 귀에는 로미오의 음성 따위는 들리지도 않았다. 머큐쇼와 티볼트의 칼날이 허공에서 몇 번이나 부딪히는 것을 보자, 로미오는 거의 정신이 나갈 지경이었다. 급기야 그는 그들 사이로 끼어들어 두 팔을 벌리고 섰다.

"제발 머큐쇼, 그만두게. 군주의 특명을 생각해. 그리고 티볼트……."

로미오는 더 이상 말을 잇지 못했다. 머큐쇼가 줄이 끊어진 나무인형처럼 푹 주저앉은 것이다. 뒤이어 고개를 든 머큐쇼의 눈에는 원망이 가득 담겨 있었다.

"찔렸어."

그제야 로미오는 머큐쇼의 뒤에 서 있는 티볼트의 칼날이 붉은 피로 흠뻑 젖어 있는 것을 보았다.

"티볼트, 무슨 짓을 한 거야?"

티볼트는 뒷걸음을 쳤다. 그 역시 진짜로 군주의 친척인 머큐쇼를 죽일 생각까진 없었던 것이다. 하얗게 질린 얼굴로 쓰러진 머큐쇼에게 눈길을 주고 있는 그를 그의 일행들이 데리고 가버렸다.

"도대체 넌 우리 사이에 왜 끼어든 거야? 저 놈이 비겁하게 네 팔 밑으로 나를 찔렀어. 망할 놈, 너도 마찬가지야. 몬터규, 캐퓰렛, 두 집안 다 염병에나 걸려라. 아, 그런데 왜 이렇게 눈이 흐릿하지? 의사를 불러와."

"그래, 의사를 부를 거야."

"날 구더기 밥으로 만들었어. 망할 놈의 두 집안. 날 죽였어. 너희들이 날……."

머큐쇼는 그 말을 마지막으로 남긴 채 눈을 감아버렸다. 계속 멍하게 서 있던 벤볼리오가 로미오와 머큐쇼가 있는 쪽으로 비틀거리며 걸어오더니 털썩 주저앉았다.

"죽었어. 우리의 친구가……."

"죽었어? 진짜로? 어떻게 죽어? 이렇게 쉽게?"

로미오는 눈물조차 흘릴 수가 없었다. 지금 그에게 눈물은 사치였다. 그는 머큐쇼의 칼자루를 쥐고는 티볼트가 사라진 쪽을 향해 뛰었다.

"뭘 하는 거야, 로미오?"

뒤에서 벤볼리오가 부르는 소리가 들렸다. 하지만 로미오를 멈추게 할 수는 없었다. 로미오에겐 지금 머큐쇼의 원수를 갚아야만 하는 운명이 주어졌고, 그것을 멈추게 하는 방법은 오로지 머큐쇼가 다시 살아와 그만하라고 말리는 경우뿐이었다. 그런데 로미오는 길바닥에 널브러진 머큐쇼를 떠나 멀리까지 갈 필요도 없었다. 일행들에게 끌려가다시피 한 티볼트가 머큐쇼의 피를 머금은 칼을 들고 다시 돌아왔기 때문이다.

"아무래도 네 녀석도 저기 누워 있는 녀석과 같은 곳으로 보내야겠어. 그렇지 않고선 오늘 밤 잠을 잘 수 없을 것 같거든."

"티볼트, 네 피로 내 친구의 원한을 씻어야겠다."

로미오는 날렵한 동작으로 티볼트의 옆구리를 향해 칼을 찔렀다. 티볼트는 여유롭게 피하며 반격을 시도했다. 티볼트의 칼을 막아낸 것과 동시에 로미오의 칼이 적의 가슴팍을 향해 날아들었다. 이번에도 로미오의 칼을 피한 티볼트는 조롱기 가득한 웃음을 지어 보이며 연달아 세 번이나 자신의 칼을 휘둘렀다. 그렇게 둘이 서로 찌르고 피하는 것을 수십 번이나 반복하는 사이 점점 더 많은 구경꾼들이 몰려들었다.

"로미오, 그만 해!"

구경꾼들의 웅성거림을 뚫고 벤볼리오의 음성이 들렸다. 하지만 바로 그 몇 초 전에 로미오의 칼끝은 티볼트의 가슴을 찌르고 말았다. 피부를 뚫고 들어간 칼끝을 통해 고통스러운 경련이 느껴졌다. 뒤이어 티볼트가 픽 쓰러졌고, 소란스러운 소리들이 순식간에 사라져버렸다. 로미오는 칼끝에서 뚝뚝 흘러내리는 핏물이 땅바닥을 적시는 것을 보았다. 방금 전까지는 싱싱한 생선처럼 팔딱거리며 살아 있었던 남자가 두 눈을 부릅뜬 채 엎어져 있는 것도 보였다.

"아……."

칼이 땅바닥 위로 떨어지는 소리가 들렸다. 제 손에서 벗어난 칼이 내는 소리였지만, 그것은 마치 천둥소리보다 더 매섭게 그의 귓가를 어지럽혔다.

"로미오, 피해! 군주야. 군주의 기사들이 오고 있어."

벤볼리오가 자신의 몸을 흔들어대는 것을 느끼며 로미오는 흐릿한 시선으로 한 여자의 얼굴을 보고 있었다. 고운 머릿결을 길게 늘어뜨리고, 달빛을 머금은 눈으로 자신을 응시하고 있는 여자, 줄리엣. 그녀의 눈에서 한 방울의 눈물이 뚝 떨어졌다. 왜, 어째서 우는 거야, 줄리엣? 로미오는 부들부들 떨리는 몸으로 뒷걸음을 쳤다.

15
믿을 수 없는 소식

유모의 발걸음은 빨랐다. 상기된 얼굴엔 땀까지 송골송골 맺혔고, 두 눈에는 두려움이 서렸고, 벌어진 입술로는 숨을 헐떡였다. 베란다 위에서 대문을 열고 들어서는 유모를 내려다보던 줄리엣은 무언가 이상한 느낌이 들었다. 무슨 일이지? 유모는 로미오가 준비해 둔 줄사다리를 들고 오기로 했다. 그 줄사다리로 가족들 몰래 집 밖으로 나가려 했던 것이다. 그렇게라도 로미오를 만날 수 있다는 생각만으로 아침부터 들떠 있었다. 하지만 오전 내내 들뜬 심장이 내는 박동 소리와 지금 그녀의 귓가를 어지럽히는 심장 박동 소리는 달랐다. 불안정하고 빨랐다. 아직까지는 유모에게서 아무 말도 듣지 못했지만 그녀의 표정은 심상치 않은 일이 벌어졌음을 보여주고 있었다. 줄리엣은 문 앞으로 다가섰다가 곧 뒤돌아섰다. 유모가 이 문을 열고 들어서기 전까지는 숨죽이고 조용히 있는 것이 나았기 때문이다. 그녀의 부모가 조금이라도 이상한 기색을 알아차리기라도 한다면 밤 외출은 힘들어질 것이다. 아직까지는 아무 일도 아니었다. 유모가 저 혼자 놀라 허둥거리며 돌아오는 것일 수도 있었다. 짓궂은 남자들에게 놀림을 당했거나 사나운 개에게 쫓겼거나. 줄리엣은 다시 문손잡이를 잡았다. 그 순간 타닥타닥 뛰어오는 발소리가 들렸다. 무겁고 둔탁한 소리였다. 보지 않아도 알 수 있었다. 유모다! 그녀는 자리로 돌아가 앉았다. 이제 곧 저 문이 열리고 유모가 들어설 것이다. 로미오에게서 건네받은 줄사다리를 들고서. 그 외에는 어떤 일도 없을 것이다.

"그런데 왜 이렇게 숨이 차는 거야? 이상해. 심장이 왜 이렇게 뛰는 거지?"

줄리엣은 하염없이 문을 쳐다보며 중얼거렸다. 발소리가 뚝 끊겼다. 뒤이어 왈칵 문을 열어젖히는 소리와 함께 멀리서 보았을 때보다 더 사색이 된 유모의 얼굴이 보였다.

"아가씨! 그이가 죽었어요, 죽었어. 우리는 망했어요, 망했어. 어쩌나! 떠났어요. 살해됐고 죽었어요."

줄리엣은 갑자기 벙어리가 되기라도 한 것처럼 한마디 말도 뱉어낼 수 없었다. 순식간에 창백해진 낯빛은 마치 죽은 자의 얼굴처럼 딱딱하게 굳어졌다. 손도 발도 움직일 수가 없었다. 그냥 그 자리에서 납을 뒤집어쓴 시체와 같은 모습으로 흥분한 유모를 빤히 쳐다보기만 했다.

"주인님과 마님도 그 사악한 장소로 가셨어요. 군주가 와서는 그 나쁜 놈을 다시는 이 도시에 발도 디디지 못하게 추방령을 내리셨고요. 난리도 그런 난리가 없었어요. 어떻게 그렇게 죽을 수가 있을까요? 멀쩡하게 숨 쉬며 살아 있던 사람이 어떻게 그렇게 한 순간에…… 아, 아, 아가씨!"

"저…… 저, 정말…… 죽었어?"

"이 눈으로 똑똑히 봤어요, 칼에 찔려 피투성이가 된 그 불쌍한 시체를."

"시체…… 시……."

줄리엣은 침대 모서리를 잡고는 털썩 주저앉았다.

시체, 그의 시체!

작고 딱딱하면서도 검은 벌레들이 그녀의 심장을 갉아먹는 것 같았다. 심장이 갈가리 찢겨지는 것 같은 고통이 느껴졌다. 세상은 무너졌다. 땅은 꺼졌다. 그녀의 작은 몸이 있을 공간은 그 어디에도 없었다. 어떻게, 어떻게 살아? 그녀는 아래로, 아래로 떨어지는 무거운 머리를 주체하지 못하며 가쁜 숨을 내쉬었다. 그때였다. 유모의 울부짖음이 들렸다.

  "오, 티볼트! 예의 바른 티볼트! 내가 당신의 죽음을 살아서 볼 줄이야!"

  "티볼트?"

  "오늘 아침에도 웃으며 인사를 나누었는데……."

  "무슨 소리야, 유모?"

  "아이고, 불쌍해라. 우리 아가씨가 너무 놀란 나머지, 정신을 놓아버렸네. 왜 아니겠어요? 아가씨의 사촌이 그렇게 죽어버렸는데."

  "티볼트가?"

  "아직도 실감이 나지 않아요? 하지만 사실이에요. 사실 그가 죽었어요. 그 빌어먹을 놈이요."

  "그?"

"로미오! 로미오, 잔인한 그 작자요."

"로미오가 살아 있어?"

"하늘도 무심하시지, 살인자를 추방시키는 것으로만 끝내다니."

"추방? 아, 유모! 답답해. 뭐가 어떻게 된 거야? 정확하게 말해 봐."

"티볼트를 로미오가 죽였어요. 로미오는 추방되었고요."

"로미오가 티볼트를 죽였다고? 나를 생각했다면 어떻게 그래? 그토록 아름다운 모습에 그토록 사악한 영혼이 있을 줄이야. 오, 하느님!"

"네, 네, 하느님을 부를 일이죠. 남자에겐 신뢰도 정직도 없어요. 거짓되며 사악해요. 이런 때엔 독한 술이라도 마셔야 하는데, 비탄을 잊기 위해서라도. 빌어먹을 로미오!"

"아, 내가 무슨 짓을 한 거야? 로미오를 나쁘게 말하다니."

"아가씬 정말 사람을 잘못 보셨어요. 그런 놈을, 그런 놈과……."

"티볼트는 죽고 로미오는 추방되었어……. 티볼트가 죽은 것으로만 끝났다면 충분히 비통한 일이야. 하지만……."

"아가씨, 사촌이 죽었어요. 그런데도 로미오만 생각해요?"

"내 남편을 내가 생각하지 않으면 누가 생각하겠어?"

"아가씨!"

"그만, 유모! 나를 더 이상 괴롭히지 마. 비통해. 비통해하고 있어. 사촌의 죽음을 가슴 아파하고 있어. 아, 그래! 아버지와 어머니는 어디에 계시지?"

"말했잖아요. 티볼트의 시신이 있는 곳에……."

"아, 그래, 그랬어. 그럼 로미오는? 내 남편은?"

"그 빌어먹을 놈은……."

"제발 유모, 그를 모욕하지 마. 그는 지금 그 누구보다 힘든 시간을 보내고 있을 거야."

"죽은 사람보다 비통할까요?"

"죽은 자는 비통해하지 않아. 하지만 로미오는 살아 있지. 그래, 살았어. 하느님, 감사합니다. 아니야, 어떻게 이처럼 사악한 운명을 주시는 걸까? 아, 그래, 로미오는? 로미오를 찾아야겠어. 혼자…… 혼자 얼마나……."

줄리엣은 허둥지둥 문 쪽으로 향했다. 하지만 그녀는 몇 걸음 걷지 못하고 그 자리에 픽 주저앉아 버렸다.

"아가씨, 우리 아가씨, 제가 알아요. 그가 어디 있는지 알아

요. 티볼트, 용서해 줘요. 하지만 아가씨의 슬픔을 모른 척할 수가 없어요. 아가씨, 내 말 잘 들어요. 로미오는 로렌스 신부님의 사택에 있어요."

"사택……으로 가야겠어. 그리로 가야겠어."

"정신 차려요, 아가씨. 아직 내 말이 끝나지 않았어요. 로미오가 여기로 올 겁니다. 오늘 밤에요."

"아!"

"밀고하고 싶었지만…… 아가씨를 생각해서…… 아! 티볼트, 정말 나를 용서해 줘요. 그의 말을 전하는 거예요, 주인님과 마님의 슬픔까지도 모른 척하고."

"고마워, 유모. 고마워."

"정말이지 잘하는 짓인지 모르겠어요. 하지만……."

유모는 아직은 어린 소녀인 줄리엣을 자신의 품 안에 안으며 중얼거렸다.

"내겐 세상 모든 사람의 슬픔을 합쳐도 아가씨의 슬픔보다 강하지 않아요. 내가 마음이 아픈 건 오로지 아가씨 때문이죠."

16
그녀를 위해서라도

　로렌스 신부는 사택으로 돌아오는 내내 자신을 뒤쫓는 이가 없는지를 살폈다. 사택에 도착해서도 주위를 살피는 일을 잊지 않았다. 뒤이어 그는 조심스럽게 문을 열었다. 불빛 하나 밝히지 않은 공간은 죽음처럼 어두웠고, 시체처럼 고요했다. 그는 호롱불에 불을 밝힌 후에야 서재 문을 두드렸다.

　"로미오, 나와도 된다."

　서재 문이 열리고 수척해진 로미오가 모습을 드러냈다.

　"얼굴이 말이 아니구나. 군주님의 심판 소식을 가져왔다."

　"최후의 심판이 아니라면 무슨 심판입니까?"

"관대한 판결이 나왔지. 육신의 죽음이 아니라 육신의 추방이다."

"그게 관대하다고요? 하, 추방이라! 추방! 차라리 죽음이라고 하세요."

"진정해라."

"제가 어떻게 진정합니까! 유배보다 더 끔찍한 게 추방인데!"

"이 세상은 크고 넓다. 이 기회에 더 넓은 세상을 보게 되었다고 여기렴."

"베로나 성벽 너머로 다른 세상 따위 없습니다. 연옥과 고문과 지옥 말고는요. 추방은 세상에서의 추방이고, 세상에서의 유배는 죽음이죠. 신부님은 지금 제 머리를 금도끼로 자른 다음, 그 살인의 일격에 미소를 짓고 있는 겁니다."

"잊었느냐? 넌 사람을 죽였어. 그 일은 잊은 거냐? 너 때문에 누군가가 죽었어. 그런데도 양심의 가책은 없는 거냐? 사형을 내릴 수도 있는 일인데, 친절한 군주께서 네 편을 들어 추방을 하신 거야. 이건 정말 자비로운 일이야. 그런데도 그걸 보지 못하는 거냐?"

"자비가 아니라 고문이죠. 신부님, 줄리엣이……."

줄리엣의 이름을 입에 올리는 것만으로도 로미오의 가슴은 녹아내렸다. 그녀도 소식을 전해 들었을까? 들었겠지? 들었다면 어쩌고 있는가? 사촌을 죽인 죄를 증오하며 미워하게 되었을까? 아니면, 아직도 사랑을 가슴속에 남겨 두었을까? 그녀의 사랑을 얻지 못한다면 살아도 산 것이 아니다. 그녀를 볼 수 없는 곳이라면 그곳이 어디든 저승이다. 온갖 생각이 복잡하게 얽혀드는 머리를 쥐어뜯으며 로미오는 절망적인 신음소리를 뱉어냈다.

"얘야, 정신을 차리고 현실을 직시해야 해. 그래야 뭘 할지 알 수가 있다."

로미오는 로렌스의 얼굴을 빤히 올려다보았다. 세상 모든 사람들이 자신을 손가락질해도 로렌스 신부만은 도움을 주리라는 것을 알고 있었다. 그렇기 때문에 여기로 도망 온 것이다. 하지만 그는 지금 로미오가 어떤 심정인지를 모르고 있었다. 사랑하는 여자와 결혼한 지 한 시간 만에 그녀의 사촌을 살해했고, 그 죄 때문에 추방을 선고받은 젊은이의 마음이 어떤 것인지 죽을 때까지도 이해하지 못할 것이다.

"하기야…… 누가 이해하겠어요?"

"무슨 말이냐?"

"어떤 사람도 자기가 당한 일이 아니면 알 수가 없죠."

"네가 얼마나 절망적인지 알고 있다."

"아니요, 신부님. 신부님은 몰라요. 절망이 무엇인지, 그 고통의 크기를 설명할 수 조차 없어요."

"그래, 그럴 수도 있겠지. 하지만 지금은……."

누군가 세차게 문을 두드려댔다. 순간, 로미오와 로렌스는 바짝 긴장해서는 문 쪽으로 시선을 돌렸다.

"발각되었나 봐요."

"붙잡히게 내버려두지는 않을 거다. 누구요?"

"어쩌시게요?"

"넌 일단 서재로 가."

로렌스가 속삭이는 동안에도 문은 세차게 흔들렸다. 마음이 급해진 로렌스는 로미오의 등을 서재 쪽으로 떠민 후 몇 번이나 헛기침을 뱉어내곤 다시 물었다.

"거, 누구요? 누가 그렇게 문을 두드리는 거요?"

문을 두드리는 소리가 뚝 끊겼다. 뒤이어 나이 든 여자의 목소리가 들렸다.

"들어가게 해 주시면 말씀드리겠어요. 줄리엣 아가씨가 보냈어요."

로렌스가 문을 열자 유모가 급하게 들어섰다.

"신부님, 로미오를 찾아왔어요. 그가 여기 있다는 것을 압니다. 이곳으로 숨어들기 전에 만났으니까요. 그를 불러 주세요."

로렌스는 말없이 서재의 문을 열었다. 유모는 열린 문 사이로 로미오를 보고는 깊은 탄식을 내뱉었다. 로미오가 구석 벽에 등을 기대고 앉아서는 숨죽인 채로 울고 있었던 것이다.

"세상에! 우리 아가씨와 같은 모습이네. 아가씨도 울고 있어요. 로미오, 어서 일어나요. 남자답게 일어나요, 아가씨를 위해서라도."

"유모! 아, 유모. 줄리엣도 울고 있군요. 내가 이 손으로 줄리엣을 지옥에 빠트린 것과 다름없구나. 아, 다른 사람도 아닌 내가 줄리엣을 괴롭혔어."

로미오는 제정신이 아닌 듯 소리를 지르곤 칼을 뽑아 들었다. 뒤이어 그는 아무 망설임도 없이 칼끝을 자신의 가슴팍으로 돌렸다. 그 순간, 로렌스가 로미오의 팔목을 붙잡고 다른 한 손으로 칼을 쳐냈다.

"무슨 바보 같은 짓이냐? 보기 흉한 짐승아. 내 성직에 맹세코 나는 네 성품이 이보다는 좋은 줄 알았다. 티볼트를 죽였어? 그래서 자결할 작정이냐?"

로미오는 화가 난 로렌스 신부도 창백해진 유모의 얼굴도 볼 자신이 없었다. 하지만 무엇보다 참을 수 없는 건 이 세상의 행복을 망가뜨린 자신이 아직도 살아 있다는 것이었다. 이 모든 고통을 끝내기 위해서는 바닥에 떨어져 있는 칼이 필요했다. 그것만이 그의 벗이었고 해결책이었다. 그는 칼이 있는 쪽으로 팔을 내밀었다. 하지만 그보다 빨리 로렌스가 칼을 걷어차 버렸다. 뒤이어 로렌스는 한쪽 무릎을 꿇고 앉아 로미오의 턱을 잡고는 자신의 눈을 바라보게 했다.

"정신 차려라, 소중한 줄리엣을 위해서라도. 넌 죽으려 하고 있지만 그녀는 살아 있어. 그래서 넌 운이 좋아. 널 죽이려고 했던 티볼트를 살해했어. 그래서 넌 운이 좋아. 사형으로 위협하던 국법이 추방을 내놓았다. 그래서 넌 운이 좋아. 행운의 여신이 너를 향하고 있어. 그런데 넌 버릇없이 네게 주어진 행운을 못마땅해하는구나."

"행운의 여신이 나를 향해 있다면…… 왜 이렇게 가슴이 아픈 거죠?"

"로미오, 네 부주의로 사람이 죽었어. 그 정도의 고통도 감내하지 못한단 말이냐? 하지만 줄리엣은, 줄리엣은 어떤 죄를 지었느냐? 그녀가 누구를 해하였느냐? 아무 죄도 없이 고통 받는 줄리엣은 누구에게서 위로를 받아야 한단 말이냐? 약속대로 줄리엣에게 가보거라. 줄리엣을 위로해 줘. 하지만 파수병들이 설 때까진 머물지 마라. 그럼 넌 만투아로 건너가지 못하니까. 넌 만투아에서 살게 될 거다. 우리가 때를 봐서 네 결혼을 공표하고, 친구들을 화해시키고, 군주님께 사면을 청할 거다. 그렇게 하고 말 거다. 그러니 그때까진 굳은 의지를 가지고 견뎌 내거라."

로미오는 로렌스의 부축을 받으며 일어섰다. 여전히 그의 얼굴엔 깊은 고통이 깃들어 있었지만, 그의 눈은 로렌스가 던져준 작은 희망에 기대어 희미하게나마 반짝였다.

"유모, 로미오가 뒤따라갈 겁니다. 먼저 가서 집 안의 사람들이 모두 일찍 잠자리에 들 수 있도록 해주시오. 아가씨께 안부 전하고."

"로미오가 밤새 여기 남아 신부님의 충고를 들으면 좋겠네요.

하지만 신부님의 말씀대로 아가씨에게 말씀을 전하지요."

유모는 서둘러 나가다 말고 뒤돌아섰다.

"아이고, 내 정신 좀 봐. 아가씨가 이걸 전해 달라고 했어요."

반지였다. 로미오는 어떤 보석도 박혀 있지 않지만 그 자체만으로도 충분히 아름다운 금반지를 받아들고는 한동안 아무 말도 잇지 못했다.

"이젠 진짜로 갈게요. 먼저 가 있을 테니 좀 이따 오세요."

"아! 유모."

"예?"

"줄리엣에게 전해 줘요. 이 반지 덕분에 내가 얼마나 큰 위안을 받았는지."

"알았어요. 너무 늦게만 오지 말아요, 당신을 기다리느라 아가씨 마음이 새카맣게 타지 않도록."

유모는 똑 부러지게 한마디 하고는 문 밖으로 나갔다.

"줄리엣을 만나고 나면 곧장 만투아로 가거라. 이후의 일은 수시로 너에게 알리도록 하마."

"예, 신부님."

"애야, 얼굴 좀 펴라. 조금 전에도 말했듯이 아주 나쁜 상황만은 아니야."

　로미오는 줄리엣이 준 반지를 꽉 움켜쥐곤 고개를 끄덕였다. 로렌스의 말마따나 이 모든 일이 아주 나쁘지만은 않을 수도 있다. 두 명이나 생명을 잃었지만, 자신은 아직 살아 있다. 비록 아내와의 이별은 피할 수 없는 일이 되었지만 어쨌든 그가 살아남았다는 사실은 변함이 없었다. 살아만 있다면 이 모든 일은 지나가리라. 살아만 있다면! 로미오는 자신을 가볍게 안는 것으로 이별의 인사를 대신하는 로렌스의 어깨 너머에서 수줍게 타오르는 호롱불을 보며 중얼거렸다.

　"아직 완벽하게 어둡지는 않아요. 그렇기에 제 추한 몸이 다 가려지지 않는군요. 하지만 신부님, 줄리엣을 위해서라도 전 살아남을 겁니다. 그녀를 위해서라도."

17
이별 그리고 절망적인 소식

줄리엣은 이제껏 밤이 이토록 짧은 줄은 몰랐다. 하룻밤에도 몇 번이나 잠에서 깨어나 창밖을 내다보곤 길기만 한 밤을 탓한 적이 한두 번이 아니었다. 천둥 번개가 치는 밤이면 세상에 있는 모든 밤이 사라지기를 바란 적도 있었다. 그런데 오늘 밤은 눈 한 번 깜빡이는 순간만큼이나 짧고 짧아 가능하다면 이전의 길었던 밤을 소환시켜 이어 붙이고만 싶었다. 그건 로미오 역시 마찬가지인 듯했다. 로미오는 동녘에서 내뿜기 시작한 빛을 감지한 후에도 차마 일어서지 못하고 줄리엣의 손을 꼭 붙잡았다.

"어서 여길 떠나야 해요."

결국 줄리엣이 먼저 말했다. 밤새도록 로미오를 보고 또 보았고, 지금도 보고 있지만, 보고 싶은 마음이 하도 간절해 수백 번의 밤을 함께 보내더라도 또 보고 싶기만 했다. 계속 보고 싶었다. 로미오만 보고 있어도 살 것 같았다. 숨을 쉬는 이유도, 말을 하는 이유도, 사랑스러운 눈을 할 수 있는 이유도 로미오가 있기 때문이었다. 로미오가 없는 세상 같은 건 상상조차 할 수 없었다. 그런 건 살아 있는 세상이 아니라 죽어 있는 세상이었다. 하지만 지금 그를 보내지 않으면 오늘 밤 그와 함께 보낸 시간이 그와의 마지막 시간이 될 것이다. 그를 보내지 않으면……. 줄리엣은 물기 서린 새벽빛처럼 으스름한 눈을 한 로미오의 얼굴을 내내 기억에 담으려는 듯 아주 오랫동안 쳐다보았다. 그러는 동안에도 '보내야지, 보내야 하는데.' 하는 마음이 그녀를 재촉했다. 갈망과 아쉬움, 순간의 기쁨과 미래의 이별로 얼룩덜룩 혼란스러운 가운데 그녀는 분연히 일어섰다.

"이젠 정말 가야 해요. 로미오, 날이 점점 밝아지고 있어요."

"잠시만, 조금만 더!"

로미오의 목소리에는 그녀와 같은 빛깔의 갈망이 깃들어 있

었다. 또한 그의 얼굴엔 그녀와 같은 빛깔의 아쉬움이 있었다. 거울을 보듯 똑같은 표정을 짓고 있는 남자의 입술은 더 많은 말을 하고 싶은 듯 달싹였다. 굳은 의지나 영민한 빛은 싹 걷힌 채 오로지 한 여자와의 이별을 힘겨워하는 남자의 얼굴을 한 로미오를 보면서 줄리엣은 겨우 일으켜 세운 의지가 손가락 사이로 빠져나가는 것을 보았다. 다시 그의 옆에 앉았다. 뒤이어 그의 입술을 탐했다. 세상은 이런 것인데……, 이런 것이어야 하는데……. 줄리엣은 아주 짧은 꿈을 길게 꾸고 있는 것 같은 눈을 하고선 로미오의 가슴팍 깊이 숨어들었다. 그때였다. 벌컥 문이 열리는 소리가 들렸다. 화들짝 놀란 줄리엣은 저도 모르게 로미오의 앞을 막아서곤 문 쪽을 주시했다. 유모였다.

"마님께서 와요. 아가씨, 빨리, 빨리!"

"어머니께서? 로미오, 어서 가요. 어서!"

"이별의 말을 길게 나눌 수도 없게 되어버렸군요. 줄리엣, 잘 있어요. 다시 만날 때까지 잘 있어요. 부디 괴로워하지 말아요. 잘 있어요."

뒤이어 로미오는 베란다까지 뻗어 있는 등나무 줄기를 타고 정원으로 내려갔다. 그 모습을 눈으로 배웅하는 줄리엣의 손을 잡으며 유모가 재촉했다.

"아가씨, 얼른 침대로 가요. 이제 일어난 것처럼 보이게요. 어서요."

줄리엣은 침대로 가서 누웠지만 방금 전의 이별로 흘러내리는 눈물을 멈출 수가 없었다. 그건 자신의 의지로 막을 수 있는 것이 아니었다. 이내 촉촉하게 젖어버린 베갯머리에 얼굴을 묻고는 울음소리를 밖으로 내지 않으려 애를 썼다. 문이 열리는 소리가 들렸다. 뒤이어 우아한 발걸음 소리가 들리나 싶더니 부드러운 손이 그녀의 머리를 쓰다듬는 것이 느껴졌다.

"줄리엣, 내 딸. 아직도 이처럼 슬퍼하고 있었구나. 하지만 이젠 그만 눈물을 거두렴. 아무리 울어도 티볼트는 다시 살아올 수 없을 거야. 죽은 자의 발걸음이 무겁지 않도록 밝은 얼굴로 보내자꾸나."

"아가씨, 마님이 말씀하시잖아요. 고개 좀 들어요."

유모가 옆에서 거들었다. 그제야 줄리엣은 몸을 일으키곤 캐풀렛 부인의 얼굴을 봤다.

"어제 밤늦게 누가 왔는지 아니?"

"……."

"고맙게도 파리스가 우리에게 위로의 말을 전하러 왔었단다. 네가 어쩌고 있는지 궁금해하더구나. 정말 자상한 사람이야. 그리고……."

"어머니, 전 지금 그의 말을 듣고 싶지 않아요."

"안다. 네 마음을 내가 왜 모르겠니? 티볼트의 죽음을 헛되이 하게 하지는 않을 거다. 사악한 살인자에게 복수를 해야지. 그러니까 그만 울어. 아버지께서 만투아로 사람을 보낼 거야."

"사람을? 왜, 왜요?"

"그놈에게 희귀한 독약을 먹일 계획이다."

"아!"

"이런, 아직까지도 창백하구나. 유모, 따뜻한 차 한잔 가져다 줘."

"아, 예……."

"뭘 그렇게 꾸물거리는 거야? 어서."

"예, 그러죠. 그런데 마님……."

"유모는 참, 무슨 할 말이 그렇게 많은 거야?"

유모가 방문을 열고 나갈 때까지도 줄리엣은 한마디도 하지 못했다. 그녀는 방금 전 들은 말이 그저 말로만 끝나지 않을 것임을 알았다. 아버지는 그러고도 남을 사람이었다. 티볼트의 복수를 하고 말 것이다. 로미오를 죽이는 것으로……. 순간, 줄리엣은 벌떡 일어나 윗옷을 걸쳐 입었다. 뒤이어 외출용 신발을 찾아 신는데, 캐퓰렛 부인이 그녀의 손목을 잡았다.

"줄리엣, 왜 그러니?"

줄리엣은 캐퓰렛 부인의 얼굴을 올려다봤다. 딸을 걱정하는 자상한 엄마의 얼굴, 그런 한편으로 복수나 독약이라는 무서운 말을 입에 올렸던 여자의 눈은 줄리엣의 생각을 읽으려는 듯 좌우로 빠르게 움직였다.

"아…… 어머니, 독약을……."

"뭐?"

"독약을 가져갈 사람을 찾아만 주신다면 제가 그걸 조절하여 로미오가 받아먹고 곧바로 조용히 잠들게 하겠어요. 내가 직접 그에게 분풀이를 할 수 있게 해주세요."

"그래, 그렇게 하자. 하지만 애야, 이 이야기를 하기 위해 네 방을 찾아온 것이 아니란다. 이제는 기쁜 소식을 말해 주마."

"기쁜 소식?"

"그래. 네겐 자상한 아버지가 계신다. 아버지께서 너도 나도 예상 못한 기쁜 날을 골라 놓으셨단다."

"기쁜 날?"

줄리엣은 앵무새처럼 캐풀렛 부인의 말을 따라 되뇌이면서 열심히 머리를 굴렸다. 어떻게 해야 로미오가 독약을 먹지 않도록 할 수 있을까? 어떻게 해야 지금의 이 무서운 상황을 피할 수 있을까? 일단은 그녀 자신부터 단단히 정신을 차리고 있어야 했다.

"그래, 애야. 이번 주 목요일 아침 일찍 넌 결혼하게 될 거야. 파리스 백작과 말이다."

"아!"

"성 베드로 성당에서 결혼하는 신부들 중에 너만큼 아름다운 신부는 없을 거야. 내가 그렇게 하도록 할 거니까."

줄리엣은 조금 전보다 더 파리하게 질려서는 벽에 기대어 섰다. 그렇지 않고선 단 1초도 멀쩡하게 서 있을 수가 없었다. 하지만 캐풀렛 부인은 줄리엣의 표정을 미처 살피지 못했다. 그 순간 문이 열리면서 캐풀렛이 들어섰고, 그 뒤를 따라 들어선 유모의 모습이 보였다. 캐풀렛 부인은 미소 띤 얼굴로 캐풀렛에게 말했다.

"잘 오셨어요. 그렇지 않아도 지금 막 줄리엣에게 기쁜 소식

을 전하는 중이었어요."

캐퓰렛은 만족한 듯 웃으며 고개를 끄덕였다.

"줄리엣, 아버지에게 직접 들어 봐. 파리스가 어떻게 구애를 했는지."

줄리엣은 자신을 주시하는 부모의 얼굴을 번갈아 쳐다보았다. 다들 그녀의 입에서 나올 말이 무엇인지 안다는 표정을 짓고 있었다. 뒤이어 줄리엣은 캐퓰렛 뒤에 서 있는 유모의 얼굴을 봤다. 유모는 입 모양으로만 말을 만들어냈다. 결혼하겠다고 하세요. 좋다고 하세요. 그런 말이었다. 하지만 줄리엣은 고개를 저었다. 결코 입에 담을 수 없는 말이었다. 그녀는 이미 결혼을 했으며, 그녀의 남편은 로미오뿐이었다. 줄리엣은 다시 부모 쪽으로 시선을 돌렸다. 어딘지 모르게 들떠 있는 부모는 자애로운 미소를 짓고는 그녀가 말하기를 기다리고 있었다.

"전……."

줄리엣은 시선을 바닥에다 두며 말을 꺼냈다.

"결혼하지 않아요. 파리스와 결혼하느니 차라리 무덤과 결혼하겠어요."

18
일말의 희망

캐퓰렛은 자신의 귀를 의심했다. 또한 자신의 눈도 의심했다. 그가 보기엔 작고 연약한 여자아이가 처음엔 겁에 질려서는 웅얼거렸다. '결혼하지 않겠어요.' 그러고서 몇 초가 지나 고개를 들더니 이제껏 본 적이 없는 표정으로 말을 이었다. 파리스와 결혼하느니 차라리 무덤과 결혼하겠어요. 그리고 나서도 한동안 고집스러우면서도 결연한 눈빛을 거두지 않았다. 자신을 똑바로 쳐다보며, 정면으로 거역하는 딸은 그가 익히 알고 있는 사랑스러운 그 줄리엣이 아니었다. 줄리엣의 탈을 쓴 작은 악마가 그를 괴롭히기 위해 서 있는 듯했다. 진짜 줄리엣이라면 이렇게 말해야 했다. 아버지의 은혜에 감사드려요. 그렇게 좋은 신랑감을 주시다니요. 캐풀렛은 눈을 감은 채 관자놀이를 꾹꾹 눌렀다. 도대체 이 아이가 어떻게 된 것인가? 정말 악마에게 몸이라도 빼앗긴 건가? 다시 눈을 뜬 캐풀렛은 천천히 입을 열었다.

"아무래도 내가 잘못 들은 것 같구나. 다시 말해 보렴. 지금 뭐라고 했니?"

"이렇게 서두르는 이유를 모르겠어요. 구애를 받기도 전에 결혼해야 한다니, 반갑지 않은 결혼이에요."

"내가 들은 말이 사실이었구나. 사실이었어."

"아버지, 전……."

"결혼을 하지 않는다? 세상에, 부인! 이처럼 은혜를 모르는 말을 들어 본 적이 있소? 게다가 반갑지 않다니. 축복으로 생각하지 않아? 훌륭하지 못한 아이를 우리가 노력해서 훌륭한 신사의 신부가 되게 해주었는데."

"해주셔서 반갑지 않으나 고맙긴 합니다."

"뭐? 뭐! 반갑지 않으나 고맙긴 해? 뭐가 어째? 이게 뭐지? 부인, 이게 어떻게 된 일이오? 우리 딸이 어디로 간 거야? 여기에 있는 건 누렇게 썩을 년이다. 넌 이번 주 목요일에 성 베 드로 성당으로 가야 할 거다. 안 그러면 틀에 묶어 내가 끌고 갈 테니까. 알겠니, 이 못된 것아?"

"여보!"

"주인님!"

두 여자가 동시에 소리를 지른 순간, 줄리엣은 그 자리에 무릎을 꿇고 앉았다. 머리끝까지 화가 치밀어 오른 캐퓰렛은 눈도 깜박이지 않고 그녀를 내려다봤다.

"아버지, 무릎 꿇고 간청을 드릴게요. 제 말을 한 번만 들어 주세요."

"말 같은 소리를 해야 듣지. 아니, 아무 말도 할 필요 없다. 그냥 결혼만 하면 돼. 그게 네가 할 일이야."

"전 아직 결혼할 준비가 되어 있지 않아요. 이렇게, 이렇게 아버지의 딸이 빌게요. 제발요, 아버지."

"목이나 매거라."

"여보! 어떻게 그렇게 심한 말을……."

"부인은 가만히 있어요. 딸아이를 어떻게 키웠기에 이 모양이 된 거요? 하느님이 우리에게 애 하나만 주셔서 복도 없다 그랬지. 그런데 이제 보니 이 하나도 너무 많아. 우리가 저것을 얻은 건 저주임을 알겠다. 꺼져라, 이 상것아!"

"하느님, 아가씨를 살피소서. 그런 욕을 하시다니, 주인님이 잘못하시는 거예요."

"누가 뭘 잘못했다고? 감히 어디서 끼어드는 거냐? 입 다물고 저리로 가서 수다쟁이들하고나 떠드시지."

"주인님, 아가씨의 말을……."

"조용히! 다들 조용히! 아무 말도 하지 마. 한마디만 더 했다간 다들 쫓아 버릴 테니까. 줄리엣, 내 뜻을 말해 주지. 목요일에 넌 성당에 가야 한다. 네가 감히 날 거짓말쟁이로 만들 생각이 없다면 말이다. 파리스 백작에게 약속을 했다. 내 딸을, 아니, 지금은 내 딸이 아니지. 그래, 너를, 너 같은 것이라도 그가 원하니까 주기로 약속했어. 그러니 넌 지금부터 단 한마디도 하지 마라. 그냥 결혼식장에 가서 너 같은 것이 가지게 된 축복에 감사하며 서 있기만 하면 돼."

"여보!"

"한마디도 하지 말라고 했잖소."

"하지만 당신은 너무 흥분하셨어요."

"내가? 내가 말이요? 이제껏 딸아이의 혼사를 걱정했어. 그러다 많은 토지를 소유했을 뿐 아니라 가문 좋은 남자를 찾아냈지. 어젯밤 파리스가 찾아와 청혼을 할 때, 내 기분이 어땠는지 알기나 하오? 티볼트의 죽음에 상심이 컸던 나에게 그가 어떤 위로를 줬는지 알기나 하오? 베로나에서 가장 명망 있는 내가 그에게 어떤 약속을 했는지는 아오? 그런데 내 딸이 나를 딸아이도 하나 마음대로 하지 못하는 바보로 만들었소. 입 밖으로 내뱉은 말을 지키지도 못하게 하는 거짓말쟁이로 만들었소. 부모의 은혜를 알지 못하는 저 상것이 말이오."

"알아요. 왜 모르겠어요? 줄리엣, 아버지에게 잘못했다고 빌어라. 그리고 감사한 마음으로 결혼하겠다고 해. 제발 부탁이니 그렇게 하렴."

"필요 없소. 저 따위의 것이 무슨 말을 하든 상관하지 않아. 줄리엣, 맹세코 넌 결혼하게 될 거다. 내 용서를 구할 방법은 그것뿐이다."

캐퓰렛은 그 말을 끝으로 뒤도 돌아보지 않고 방을 나가 버렸다.

"어머니……."

"아버지 말씀이 옳아."

"제발요. 사랑하는 어머니, 절 버리지 마세요. 결혼을 한 달만, 아니면 일주일만 연기해 주세요."

"너란 아이는……."

캐퓰렛 부인은 잠시 호흡을 고르곤 유모 쪽으로 시선을 돌렸다.

"이 아이가 밖으로 나가지 못하게 잘 감시해. 그리고 저 얼굴도 어떻게 좀 해봐. 누가 결혼을 앞둔 신부의 얼굴이라고 생각하겠어?"

"마님……."

"그만! 지금만으로도 충분히 골치 아파."

"하지만 이렇게 가버리시면 아가씨가……."

"자신이 저지른 일이야. 줄리엣, 결혼식장에서도 이런 꼴이라면 나도 널 용서할 수 없을 거다."

캐퓰렛 부인은 날카롭게 쏘아붙였다. 하지만 그녀의 눈은 여전히 연민어린 눈으로 딸을 보고 있었다. 그 마음을 감지한 줄리엣은 일말의 희망을 걸고 애원을 하려 했다. 그러자 캐퓰렛 부인은 고개를 절레절레 흔들고는 그대로 나가버렸다.

"유모!"

줄리엣은 마지막으로 남아 있는 사람, 어쩌면 유일하게 자신을 도와줄 수 있는 유모를 올려다봤다.

"아무 말도 하지 마세요. 제가 무슨 힘이 있겠어요?"

"한마디만 해주면 돼. 아버지에게 내가 로렌스 신부님 사택에 간다고 해줘. 아버지를 불쾌하게 한 죄를 고백하고, 하느님에게 용서를 구하려 한다고."

"아가씨!"

"그 말만 해줘. 그 말만."

"……."

"아니면, 내가 죽어. 내가 죽길 바라는 거야?"

"알았어요. 주인님께 그렇게 전하죠."

"고마워, 유모. 고마워."

"어서 일어나요. 그렇게 주저앉아 있는 꼴이라니. 아가씨답지 않아요. 내 마음도 찢어진다고요."

유모의 부축을 받으며 겨우 일어난 줄리엣은 아버지와 어머니가 차례로 나간 뒤로 가혹한 침묵만을 지키고 있는 닫힌 문을 쳐다봤다. 결혼식 전까지는 부모 중 누구도 그 문을 열고 들어서는 일은 없을 것이다. 단단하면서도 무거운 문, 결코 로미오가 들어서지 못했던 문이기도 했다. 줄리엣은 이상하게도 마음이 차분해지는 느낌을 받았다. 또한 자신이 가장 먼저 해야 하는 일이 무엇인지도 알고 있었다. 그녀는 걱정 어린 눈으로 자신을 붙잡은 유모의 손을 부드럽게 떨쳐내고는 문을 열었다.

19
엇갈린 마음

로렌스는 당혹감에 휩싸여 한동안 말을 잇지 못했다. 젊고 잘생긴 손님, 그러니까 파리스는 로렌스의 반응을 이상히 여기며 물었다.

"목요일이 너무 빨라서 그러는 겁니까?"

"……."

"신부님?"

"아, 그래요. 목요일이라니, 며칠 남지 않았군요."

"캐퓰렛 어른께서 그 날짜를 원합니다. 사실 저 또한 그분의 재촉을 늦추고 싶지도 않고."

로렌스는 짙은 한숨을 내쉬며 자리에서 일어났다. 젊은이들의 사랑이 이토록 얽히고설키는 것을 보고만 있자니 여간 답답한 것이 아니었다.

"신부님?"

"파리스 백작, 이 결혼은 순조로울 수가 없어요."

"티볼트가 죽었기 때문입니까? 그렇다면 걱정 마십시오. 확실히 줄리엣은 그 일로 한없이 울고 있다고 합니다. 바로 그 때문에 줄리엣에게 직접 사랑을 고백할 기회는 없었지요. 하지만 캐풀렛 어른께서는 지혜롭게도 그녀의 슬픔을 몰아내기 위해서는 그녀의 곁을 지키는 사람이 필요하다고 판단하셨습니다."

"그래서 결혼을 서두르는군요."

"예, 신부님. 그러니 시일이 촉박하더라도 신부님께서 도와주셨으면 하는 겁니다."

"저도 마음 편히 그럴 수 있으면 좋겠군요."

"예?"

"아, 아닙니다. 혼잣말입니다."

로렌스는 또다시 혼자만의 생각에 잠겨서는 손님의 존재를 잠시 잊었다. 어떻게 해야 이 상황을 바로잡을 수 있을까? 아무리 생각해도 명쾌한 해결책 같은 건 떠오르지 않았다.

"아, 누가 오기로 했습니까?"

파리스가 물었다. 그제야 정신을 차린 로렌스는 저벅저벅 걸어오는 발소리를 듣고는 자신도 모르는 일이라는 뜻으로 고개를 흔들었다. 그 순간 문이 열렸고, 뒤이어 줄리엣이 모습을 드러냈다.

"아, 줄리엣!"

줄리엣은 로렌스의 사택에 뜻밖의 손님이 있는 것을 보고는 흠칫 놀라 한 발짝 뒤로 물러섰다. 하지만 반가운 마음이 앞섰던 파리스는 그 모습을 미처 보지 못하고 줄리엣에게 다가가 그녀의 손을 꼭 붙잡고는 들뜬 음성으로 말했다.

"잘 만났소. 결혼식을 하기 전에 꼭 보고 싶었소."

줄리엣은 파리스의 손을 슬그머니 빼고는 방금 전 그가 앉아 있던 자리로 가 앉았다.

"아직도 슬픔에서 빠져 나오지 못한 겁니까, 내 아내여?"

"그럴지도 모르지요, 내가 아내가 된다면."

"목요일엔 그 가정이 사실이 될 겁니다."

"필연이면 그렇겠죠."

"신부님에게 고백하러 오신 겁니까?"

줄리엣은 파리스에게 대답하는 대신 로렌스에게 눈길을 돌리곤 물었다.

"저에게 시간을 내주실 수 있나요?"

"당연히 낼 수 있죠!"

그러고는 로렌스가 파리스를 향해 말했다.

"백작님, 둘만의 시간을 간청해야겠습니다."

"아쉽군요. 전 줄리엣과 더 많은 시간을 함께 하고 싶지만…… 고해성사를 방해할 수는 없겠지요. 줄리엣, 목요일 아침 일찍 깨우겠소. 그때까지 잘 있어요."

파리스는 줄리엣의 손등에 가볍게 키스를 한 후 문 밖으로 나갔다. 파리스가 나가고도 한참 동안 침묵을 지키던 줄리엣은 그의 발걸음 소리가 완벽히 사라지자마자 울음을 터뜨리고 말았다.

"신부님, 도와주세요. 이 사악한 결혼을 막을 수 있는 방법을 말씀해 주세요. 당신의 지혜로 도움을 주세요."

"줄리엣, 줄리엣, 네 슬픔을 모르지 않는다. 하지만 내 머리로는 해결 못할 일이야."

"그럼 방법은 하나밖에 없어요."

줄리엣은 눈물을 훔치곤 가슴팍에서 칼을 꺼냈다.

"다른 남자에게 가느니 이 심장을 죽이고 말겠습니다. 그러니까 신부님의 연륜과 지혜를 다 동원해서라도 제게 답을 말씀해 주세요."

"아! 정말이지 너희들은 가장 가혹한 방법으로 나를 고문하는구나. 로미오나 너나 죽음이 그렇게 쉬운 일이더냐? 줄리엣, 애야, 나를 봐라. 내 눈을 봐. 그래, 네가 어떤 마음인지 안다. 또 어떤 궁지에 몰려 있는지도. 하지만 네가 죽어버리면 로미오는 또다시 지옥의 고통을 맛보게 될 거다. 진정해라. 아무도 널 도와주지 않겠다고 한다면 그거야말로 절망적인 상황이지. 하지만 난 너를 도울 생각이야. 그러니 이 또한 너에게 찾아온 희망이라고 여기렴."

"신부님!"

"너와 로미오가 살 수 있는 방법을 찾아보자."

"방법이 있을까요?"

"지금은 모르겠다. 나에게 약간의 시간을 주지 않겠니? 좀 생각을 해봐야겠구나."

로렌스는 습관적으로 자신의 턱을 어루만지며 깊은 생각에 잠겼다. 무언가 생각이 날 듯 말 듯하기도 했고, 머릿속이 백지장이 된 것처럼 하얘지기도 했다. 그렇게 10여 분의 시간이 흘러서야 고개를 들었다. 그 어느 때보다 간절하게 답을 기다리는 줄리엣이 단 이틀 만에 수척해진 얼굴로 그만을 응시하고 있는 게 보였다. 답을 구하지 못하면 그녀는 또다시 죽음에 자신의 몸을 던지려 할 것이다. 그리고 로미오도……. 두 젊은이의 목숨이 그의 지혜에 달려 있었다. 어떻게든 방법을 생각해내야 했다. 그러다 문득 그의 눈에 작은 약병이 들어왔다. 바로 며칠 전, 그가 심혈을 기울여 만들어낸 약이었다. 이 약이라면……. 그는 약병을 들었다. 지금 그의 머릿속에 떠오른 건 무서우면서도 끔찍한 생각이었다. 위험한 일이다. 위험한 일이야. 그는 다시 약병을 놓았다. 하지만 이 약 외에 어떤 방법이 있겠는가? 위험부담이 큰 만큼 줄리엣과 로미오를 살릴 유일한 길이기도 했다. 그는 다시 줄리엣을 보았다. 두려움과 슬픔에 하얗게 질려 있는 줄리엣은 덫에 걸린 사슴처럼 어깨를 움츠리고 있었다. 하지만 이제까지 그녀는 사랑 앞에서만큼은 물러서지 않는 의지를 보였고, 지금 이 순간에도 어쩌면 그가 줄지도 모를 희망에 자신의 모든 것을 걸고 있었다. 연약해 보이는 저 모습 어디에 저토록 강한 의지가 깃들어 있었단 말인가.

"한 가지 방법이 있긴 하다."

로렌스는 어렵게 입을 뗐다.

"아! 신부님, 고맙습니다."

"인사는 이르구나. 이 방법은…… 네게 두려움을 줄 수도 있는 거란다."

"괜찮아요. 어떤 것이든 괜찮아요."

"그래, 그래. 하지만 내 마음은 몹시 무겁구나."

"말씀해 주세요."

"죽음이란다."

"……."

"가짜 죽음이야. 이 약을 마시면 다른 사람들에겐 죽은 것처럼 보이지. 하지만 넌 아주 깊은 잠에 빠지게 될 거야. 잠에서 깨어났을 땐 가족묘에 누워 있는 너 자신을 발견하게 될 거다. 산 자들이라면 있을 수 없는 곳, 차갑고 눅눅한 그 공간에서 눈을 떠야 한다. 그런데도 괜찮겠니?"

"파리스와 결혼하느니 수의를 입은 시체 곁에 있겠어요. 공포

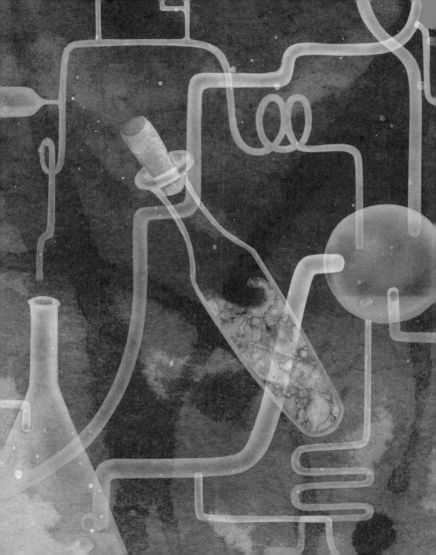

같은 건 느끼지 않을 거예요. 아니, 느낀다 해도 괜찮아요. 극복할 수 있어요. 로미오의 아내로 살기 위해서라면 모든 걸 감당하겠어요. 그러니 그 약의 사용법을 말씀해 주세요."

로렌스는 잠시 말을 잃었다. 정말 이 방법뿐일까? 줄리엣의 부모에겐 딸을 잃은 슬픔을 주게 될 것이다. 줄리엣 본인에겐 그녀가 이제껏 경험한 적이 없는 시련의 시간이 될 것이다. 정말 이 방법뿐이라는 건가? 로렌스는 슬픔과 두려움, 근심과 갈망이 뒤섞여 묘한 빛을 자아내고 있는 줄리엣의 눈을 아주 오랫동안 응시했다. 그러다 한 순간 그는 깨달았다. 망설임은 자신의 것이 아니었다. 죽거나 살거나 그것은 오직 줄리엣이 선택할 일이었다. 그에겐 그녀가 좀 더 희망적인 선택을 할 수 있도록 가능성을 넓혀 주는 역할만이 주어졌을 뿐이다.

"일단 집에 가서 부모님에게 파리스와 결혼을 하겠다는 말로 안심을 시키렴."

"그럴게요. 그 다음은요?"

"내일이 수요일이지?"

"네, 바로 내일이요."

"내일은 무슨 일이 있더라도 혼자 자도록 해라. 유모가 함께 자겠다고 해도 혼자 있겠다고 해. 침대에 누운 다음엔 이 병에 있는 약을 끝까지 다 마셔라. 그러면 곧 온기도 숨결도 사라질 것이다. 하지만 하루가 지나면 넌 잠에서 깨어나듯 깨어날 거야."

"정말 가짜 죽음이군요."

"그래, 가짜 죽음! 하지만 네 부모의 슬픔은 진짜겠지."

"아버지, 어머니……."

"그들의 비탄이 걱정된다면 이 방법을 사용하지 않는 게 좋아."

"아니요, 신부님. 그들을 슬프게 한 죄는 지옥에서 받을게요."

"하느님의 연민이 너에게 향하기를."

"그리고요?"

"조금 전에도 말했듯이 넌 죽은 것처럼 보일 거다. 그러면 우리나라 풍습대로 최고 좋은 옷을 입히고 뚜껑 열린 관에 넣어 캐퓰렛 가문의 묘지로 너를 옮기겠지. 그러는 동안, 난 로미오에게 편지를 전할 거야. 네가 가짜 죽음에서 깨어났을 때 그 옆을 지키고 있으라고."

"아! 정말, 정말 지혜로운 방법이군요."

"지혜로운 방법? 애야, 나는 지금 이 순간에도 이 방법을 말해 준 것을 후회하고 있단다."

"그러지 마세요, 신부님. 이 방법이 아니었으면 전 진짜 죽었을 테니까요."

"젊은 너희들이 이토록 쉽게 죽음을 입에 올리다니! 그 덕에 내 머리도 어떻게 되어버린 것 같구나."

"하느님의 가호를 빌어 주세요."

"그러마. 하느님의 미소가 너희에게 머물기를 바란다."

약병을 건네받은 줄리엣은 아주 잠깐 두려운 표정을 지었지만, 곧 로렌스를 향해 배시시 웃어 보였다. 그 웃음 뒤에 깃든 불안감을 감지한 로렌스는 따뜻한 손으로 줄리엣의 어깨를 토닥이며 말했다.

"어서 가거라. 난 빨리 로미오에게 보낼 편지를 써야겠다."

"예, 신부님. 안녕히 계세요."

로렌스는 짧은 인사말만 남기고 문 밖으로 나서는 줄리엣의 뒷모습을 한참 동안 지켜보았다. 제 아무리 큰 슬픔 속에 빠져 있어도 감출 수 없는 젊은이의 활력은 그녀의 발걸음에서도 고스란히 묻어났다. 순수한 생명, 아직까지 늙음을 알지 못하기에 그 자체로 아름다우며 활력이 넘치는 젊은 여자가 완벽히 눈앞에서 사라진 후에야 로렌스는 책상 앞에 앉았다. 이제 그에게 남은 마지막 일은 로미오에게 편지를 쓰는 것이다. 이후의 일은 그들의 몫이었다.

20
치명적인 선택

줄리엣은 어제부터 자신의 결혼 준비로 분주하게 움직이는 사람들과는 무관한 듯 방 안에 틀어박혀 있었지만, 그 누구도 그녀의 우울함을 눈치 채지는 못했다. 그도 그럴 것이 그녀는 캐퓰렛에겐 순종적인 딸로서 내일의 결혼을 기대하는 모습을 보였고, 캐퓰렛 부인이 결혼식 예복과 액세서리들을 보여줄 때면 찬사의 말을 늘어놓는 것도 잊지 않았다. 지금만 해도, 그녀는 아무 관심도 없는 목걸이와 반지 등을 보면서 몇 번이나 예쁘다는 말을 늘어놓았다. 그녀의 반응에 흡족해하며 캐퓰렛 부인은 유모에게도 물었다.

"유모는 어때?"

"아가씨가 좋으면 좋은 거죠."

"유모도 눈이 있잖아."

"참, 마님도! 몇 번이나 확인을 해야 성이 풀리겠어요? 마님의 말씀대로 아가씨에겐 진주가 어울려요. 사파이어는 거추장스러워 보이네요."

"그래, 그럼 귀걸이와 목걸이는 다 이걸로 하지. 아 참, 머리띠도……."

"어머니, 머리띠는 제가 가장 아끼는 것으로 준비를 해뒀어요. 이젠 절 혼자 있게 해주세요. 혼례 준비는 다 해두었으니 이제는 이 집에서 지내는 마지막 밤과 이별할 준비를 해야겠어요."

"아, 내 딸! 이별이라는 말이 나를 가슴 아프게 하는구나. 시집을 간다고 못 만나는 것은 아니지만…… 이젠 더 이상 내 품속의 딸은 아니지."

"너무 슬퍼하지 마세요. 그 누구보다 잘 살게요. 행복하게 살게요. 그러니 어머니도 내내 행복하셔야 해요."

"아휴, 아가씨도 참! 멀리 떠나는 사람처럼 말하고 그래요?"

"유모도 잘 있어야 해. 내일 이 집을 떠난다고 생각하니 안타

까워서 그래. 어머니, 유모, 제가 얼마나 사랑하는지 알죠? 아, 아버지에게도 이 말을 했어야 했는데……."

"걱정하지 말거라. 아버지도 이미 알고 계셔. 당신의 뜻을 이처럼 잘 따라 주는 딸을 자랑스럽게 생각한단다. 유모, 우린 이제 이 방에서 나가지. 줄리엣이 혼자 있을 시간이 필요하다고 하니."

"예, 그래야죠."

"유모는 참, 나도 가만히 있는데 웬 눈물바람이야? 줄리엣, 편히 쉬어라. 내일 세상에서 가장 아름다운 신부가 되려면 푹 자야 할 거야."

줄리엣은 고개를 끄덕이는 것으로 대답을 대신했다. 그녀들이 일어나는 모습을 본 순간 저도 모르게 울음이 터져 나올 것만 같아서였다. 언제 다시 만나게 될지는 알 수 없었다. 어쩌면 영원히 만나지 못하게 될 수도 있었다. 줄리엣은 그녀들이 앉아 있었던 의자가 마치 그녀들인 듯 부드럽게 쓰다듬으며 중얼거렸다.

"어머니, 유모, 안녕히 계세요. 그리고 아버지, 건강하세요."

뒤이어 그녀는 침대에 앉아 로렌스로부터 건네받은 약병을

꺼냈다. 이제 그녀는 약병의 뚜껑을 열고 청록 빛이 감도는 약물을 한입에 털어 넣기만 하면 되는 것이다. 그러면 내일 아침 결혼식의 신부가 될 일은 없을 것이다. 하지만 그녀의 손이 움직여지지 않았다.

"진짜 독약일 수도 있잖아."

줄리엣은 떨리는 음성으로 중얼거렸다.

"만약, 만약…… 신부님이 날 죽일 심산으로 준 것이라면 어떡하지? 그분은 하느님의 이름으로 나와 로미오를 결혼시켰어. 그런데 또 하느님 앞에서 파리스와 나를 결혼시켜야 하는 게 겁이 나서 나를 죽이려는 것은 아닐까? 하느님에게 용서받지 못할 죄를 저지르게 될까봐……. 그 때문에, 그래서 나를 죽이고자 한다면, 진짜 독약을 주고 나를 속이는 것이라면. 아, 어쩌지? 이게 정말 독약이라면?"

바들바들 떨리는 손이 약병을 놓치고 말았다. 다행히 이불 위로 굴러 병이 깨지는 일은 없었지만 차마 그것을 다시 잡지 못한 채 두 무릎 사이로 고개를 묻어버렸다. 로렌스 신부의 말이 진실이어도 문제였다. 가짜 죽음을 유도한 약이라면 무덤 속에서 깨어나야 한다. 로미오가 때를 맞추지 못하고 늦게 도착하기라도 한다면 그녀는 조상들의 유골이 빼곡한 가족묘에서 죽음과도 같은 침묵을 마주해야 할 것이다. 그것은 두려움이었고 공포였다. 유령들의 도시, 산 자라면 결코 있을 수 없는 그곳에서 너무 일찍 깨어나게 되면 미칠지도 몰랐다. 으스스한 공기에 소름이 돋아 비명을 내지르거나 아예 넋을 잃고 자신의 머리카락을 쥐어뜯을지도 몰랐다. 만약 눈을 떴을 때, 죽은 자들의 도시에 홀로 남아 버린 것을 깨닫게 된다면……

온몸에 소름이 돋았다. 이불 위에 나뒹구는 약병을 보는 것만으로도 공포심이 일었다. 지금 앉아 있는 곳이 바로 무덤 속의 관이었다. 모든 게 어둡고 암울했다. 이대로 있다간 정말이지 약을 마시기도 전에 죽을 것 같았다.

"로미오, 로미오."

주문을 외우듯 몇 번이나 중얼거렸다. 로미오, 로미오. 그녀에게 유일한 희망은 그뿐이었고, 바로 그 때문에 그녀는 이 같은 두려움을 느끼면서까지 약을 마시려 하고 있었다.

"그러니까 로미오."

줄리엣은 떨리는 손으로 약병을 잡았다.

"제발 늦지 않게 와줘요."

약병의 뚜껑을 열고 그것을 입술 가까이 대었다.

"제발……."

그녀는 병 속의 약을 한 방울도 남기지 않고 마셨다. 그러자 곧 차갑고 나른한 기운이 핏줄을 통해 온몸에 퍼지는 느낌이 들어 앉아 있을 수가 없었다. 베개에 머리를 대고 누웠다. 눈꺼풀이 감기면서 입술이 살짝 벌어지는 듯했다. 뒤이어 조금씩이나마 뛰었던 맥박이 완벽하게 멈췄고, 온몸이 딱딱하게 굳어져 갔다. 그러한 과정에서 그녀의 의식도 점점 몽롱해졌다. 얼마나 시간이 지났을까. 이제는 아무것도 느껴지지 않았다. 그녀는 자신의 존재조차 감지할 수 없는 지경이 되었다. 로미오……. 누군가 나지막하면서도 힘없이 중얼거리는 목소리를 들으며 그녀는 완벽한 어둠 속으로 빨려들었다.

21

거짓말 같은 죽음

이제껏 가장 힘든 밤을 보냈던 유모는 침대에서 일어나자마자 거울부터 봤다. 밤새 잠을 설친 탓에 가뜩이나 퍼석한 얼굴에는 기미가 잔뜩 내려앉아 있었다.

"아휴! 마님이 또 한 소리 하겠네. '유모가 뭐라고 잠을 설쳐?' 하고 말이야. 뻔하지, 뻔해. 하지만 내 젖으로 키웠지. 꼬물꼬물 기어 다니는 아가씨를 내 손으로 키웠지. 그런데도 '유모가 뭐라고'라는 말을 입버릇처럼 한다니까."

이른 아침부터 투덜거리기는 했지만 그녀의 표정은 그리 어둡지 않았다. 티볼트의 죽음이 아니었다면 줄리엣은 로미오와 결혼하겠다고 나섰을 것이다. 생각만 해도 끔찍했다. 캐퓰렛은 원수 집안과의 결혼은 절대로 안 된다며 길길이 날뛸 테고, 캐퓰렛 부인은 그 자리에서 기절해 버릴지도 몰랐다. 그나마 일이 잘 해결되어 줄리엣이 파리스와 결혼하게 되었으니 이만한 경사도 없었다.

"그런데 이상하지. 왜 이렇게 답답하지?"

유모는 체한 것인가 싶어 자신의 가슴을 탁탁 치며 트림을 해 보려 노력했다. 줄리엣의 방으로 걸어가면서도 메슥거리는 속을 어찌하지를 못하고 계속 캑캑거렸다. 그러고 보니 어젯밤 꿈자리도 여간 사나운 게 아니었다. 처음엔 줄리엣의 결혼 때문이라고 생각했는데 곰곰이 따져보니 밤새도록 무언가에 쫓기거나 누군가가 살해당하는 꿈을 꾸었던 것이다.

"하필이면 이런 날……."

그녀는 나쁜 꿈 같은 건 머릿속에서 지워버리려 애쓰며 줄리엣의 방문을 열었다.

"아가씨, 아침이에요. 일어나요."

문 안으로 들어서면서부터 밝은 목소리를 냈다. 하지만 이상하게도 여느 때와 다른 공기가 방 안을 휘감아 도는 느낌이 들었고, 더 이상하게도 그 느낌이 썩 좋지가 않았다. 불길하면서도 불안했다. 창을 통해 밝은 빛이 들어와 있는데도 방 안은 전체적으로 눅눅하면서도 어두웠다.

"저런, 옷을 다 차려 입고 갔나 보네."

무언가가 아프게 머릿속을 스치고 지나갔다. 하지만 그녀는 그 또한 애써 모르는 척했다. 방 안을 잠식한 이상한 공기도, 불길한 침묵도 느끼지 못하는 척했다.

"아가씨!"

이전보다 더 밝게 목소리를 냈다.

"아가씨, 일어나라니……."

유모는 더 이상 말을 이을 수 없었다. 침대에 누워 있는 얼굴은 창백하게 얼어붙어 있었다. 가느린 숨결조차 내뿜지 않은 입술은 납덩어리처럼 딱딱하게 굳어 있었고, 심장박동이 뛰지 않는 가슴은 어떤 온기도 내뿜지 않았다.

"아! 아!"

유모의 목구멍은 막혀버렸다. 어떤 말도 할 수 없었다. 답답해서 고통스러웠다. 고통스러워서 답답했다. 어느 것이 먼저인지 알 수도 없었고, 뭐가 뭔지 이해할 수도 없었다. 그녀는 문 쪽을 향해 기듯이 걸어갔다. 뒤이어 미친 듯 문을 두드렸다. 아침부터 시끄럽게 울려 퍼지는 문소리에 놀란 하인들이 문 앞으로 모여들었다. 유모는 억지로 쥐어 짜내는 듯한 목소리로 말했다.

"마님……."

누군가가 후다닥 달려가는 소리가 들렸다. 뒤이어 캐풀렛과 캐풀렛 부인이 달려오는 것이 보였다. 그제야 목구멍이 트인 유모는 비명을 내지르듯 소리를 질러댔다.

"아가씨가 죽었어요. 아가씨가!"

캐풀렛 부인은 말도 안 되는 소리를 들은 것 같은 표정으로 유모를 노려봤다. 하지만 곧, 먼저 방 안으로 들어선 캐풀렛의 단말마의 비명 소리를 듣더니 부리나케 줄리엣의 침대 쪽으로 달려갔다.

"줄리엣!"

겨우 정신을 차린 유모가 다시 방 안으로 들어섰을 때, 캐풀렛과 캐풀렛 부인은 차마 울지도 못한 채 방 안의 가구처럼 뻣뻣하게 서 있었다.

"마님, 주인님……."

"이건 사실이 아니야. 유모, 사실이 아니라고 말해. 아, 그렇

지! 아름다운 신부가 되려면 푹 잠을 자야 한다고 말했어. 줄리
엣, 줄리엣, 이젠 일어나도 괜찮아. 충분히 잤어, 줄리엣!"

　캐풀렛 부인의 울음소리가 온 방 안을 뒤흔드는 가운데 한동
안 아무도 말을 잇지 못했다. 하인들은 감히 문 안으로 들어설
생각도 못한 채 고개만 디밀었고, 캐풀렛은 그 자신이 죽은 사
람이 된 것같이 두 눈을 부릅뜬 채 오로지 줄리엣만을 쳐다봤
다. 그렇게 5분여가 지났다. 하인들 사이로 두 사람이 모습을
드러냈다. 하나는 로렌스 신부였고, 다른 하나는 파리스였다.
그들은 2층 계단을 올라서기 전부터 캐풀렛 부인의 통곡을 들
었기에 심상치 않은 일이 벌어졌음을 예견했다. 하지만 막상
눈앞에 벌어진 광경을 목격하곤 어느 누구도 입을 열 수가 없
었다. 깊은 비애가 그들 모두에게 늦은 저녁의 어둠처럼 낮게
내려앉았다.

"내 딸이 죽음과 결혼했어. 내 딸이……."

　파리스를 본 캐풀렛은 중얼거렸다. 하지만 몹시 암울한 그 음
성은 그 방 안에 있는 어떤 사람에게도 전달되지 않았다. 캐풀
렛 부인과 얼싸안은 유모의 통곡이 이 세상의 모든 소리를 잠
식하고 있었던 것이다.

22
그녀에게 가는 유일한 방법

로미오는 화들짝 놀란 표정으로 벌떡 일어났다. 하지만 곧 그는 자신이 침대에 있는 것을 깨닫곤 가슴을 쓸어내렸다. 이상한 꿈이었다. 어찌된 일인지 모르겠지만 그는 석실의 묘에서 창백한 얼굴로 누워 있었다. 그런데 뒤이어 그 공간으로 줄리엣이 들어섰다. 줄리엣은 로미오가 죽었다는 것을 알아차렸는데도 그녀의 입술을 그의 입술 가까이 갖다 댔다.

차가울 거야, 줄리엣. 이미 난 죽었어. 키스하지 마.

그는 그렇게 말하고 싶었지만 목소리가 나오지 않았다. 줄리엣의 따뜻한 입술이 닿았다. 그러자 그것은 생명의 묘약처럼 로미오의 차가운 몸에 생기를 불어넣었다. 눈을 뜬 로미오는 그제야 줄리엣의 얼굴을 똑바로 쳐다봤다. 그녀는 자신의 생기를 모두 나누어준 듯 창백했지만 희미한 미소를 짓고 있었다. 순간, 섬뜩한 기분이 들었다. 동굴 속으로 휘몰아치는 바람 소리 같은 게 났고, 차가운 물방울이 이마 위로 뚝뚝 떨어졌다. 손등으로 살짝 훔친 물방울에서 붉은 빛을 감지하고 자신도 모르게 소리를 지르려는 순간, 깨어난 것이다.

꿈이라는 것을 알았는데도 로미오는 서늘한 기운을 떨쳐내지 못하고 침대에서 일어났다. 좁은 방, 낮은 천장, 허름한 사물들을 낯설게 바라보고는 여관의 하인이 두고 간 물을 마셨다. 석회질의 맛이 느껴지는 물은 입 안에서 껄끄럽게 구르다 겨우 목구멍 속으로 빠져들었다. 갈증이 해소되진 않았다. 텁텁하고 눅눅한 공기에 숨이 차기까지 했다. 그는 다시 한번 방 안을 둘러봤다. 꿈에서 느낀 불안감과는 비교도 되지 않을 만큼 불안한 현실이 바로 이 방을 통해 형상화된 느낌이었다.

"도련님!"

누군가 방문을 두드렸다. 그는 무거운 몸을 이끌고 문을 열어주었다. 하인인 발사자였다.

"빨리도 왔군."

로미오는 먼 길을 오느라 먼지로 뒤덮여 있는 그의 몰골을 보고는 중얼거렸다.

"사정이 있었습니다."

발사자는 로미오의 뒤를 따라 방 안으로 들어서며 말했다.

"사정? 무슨 사정인가? 나쁜 소식이라면 말하지 말고 좋은 소식만 말해 줘. 줄리엣은 어떠냐? 아, 그렇지! 아버지는 잘 계시지? 혹시 로렌스 신부님이 편지를 주지는 않더냐? 아, 아니다. 줄리엣만 잘 있으면 모든 게 잘 있는 거지. 줄리엣은 어떻게 하고 있는지 들은 소식은 없나?"

"드릴 말씀이 있습니다."

"무슨 일이야?"

순간, 로미오의 머릿속을 스치고 지나간 것은 방금 전 꿈 속에서 보았던 줄리엣의 모습이었다. 파리한 안색으로 무언가를 말하려는 듯했지만 그녀는 입술만 달싹거렸을 뿐 아무 말도 하지 못했다.

"줄리엣 아가씨는 지금 캐풀렛 가문의 석실묘에 잠들어 있습니다. 그녀를 친족묘에 넣는 걸 보고 나서 곧바로 말을 달려 여기로 왔습니다."

"……."

"오, 나쁜 소식을 가져온 저를 용서해 주십시오."

"……."

"도련님?"

"……."

"도련님!"

"잠깐, 잠깐, 생각을 해야겠다. 생각을……. 그래, 파발마를 구해라. 오늘 밤 여기를 떠나야겠다."

"떠나야겠다니요?"

"베로나로 돌아가야겠어."

"베로나라니요? 도련님은 지금 추방……."

"발사자!"

"예, 도련님!"

"파발마를 구해, 지금 당장."

"예."

"아, 잠깐, 로렌스 신부님이 내게 보낸 편지는 없었어?"

"없었습니다."

"그래…… 그래, 가봐."

발사자가 나가자마자 로미오는 방금 전 깊은 호수에서 빠져나온 사람처럼 축 처진 발걸음으로 침대로 가 모서리에 걸터앉았다. 아무 생각도 나지 않았다. 마치 누군가가 그의 머릿속을 통째로 들어내고 그 안을 무거운 쇳덩이로 채워 넣은 듯했다. 그렇게 앉아 있는 동안 복도를 오가는 발자국 소리, 여관 주인이 하인에게 호통을 치는 소리, 혼자 남은 하인이 주인을 욕하는 소리가 들려왔다. 한동안 어수선한 소리들이 줄을 잇는 것 같더니 갑자기 잠잠해졌다. 그러다 또 어떤 방에선가 유리병이 깨지는 소리가 들리나 싶더니 술에 취한 남자가 술을 가져오라고 소리를 질러대는 게 들렸다. 로미오는 그 모든 소리들이 그의 귀를 시끄럽게 하든 말든 허망한 눈으로 바닥만 내려다보다가, 문득 누더기를 걸친 한 남자의 얼굴을 떠올리곤 벌떡 일어섰다.

남자는 여관 맞은편 거리에서 온갖 약초를 팔고 있었다. 박제된 악어와 거북이가 걸려 있는 가게는 손바닥만 했지만 선반에는 온갖 약재들이 푸른색 질그릇에 담겨 있었다. 곰팡내와 지린내가 역겹게 풀풀 풍기고 있는 그 가게를 몇 번이나 기웃거렸던 것은 여관 하인의 말 때문이었다. 독약도 판답니다! 하인은 여관 사거리의 상인들에 대해 이런저런 말을 들려주다 몹시 남루한 남자에 대해 그렇게 말했다.

　로미오는 윗옷을 걸쳐 입었다. 뒤이어 자신의 전 재산이라고 할 수 있는 금화를 모조리 다 챙겨 비단 주머니에 넣고는 방을 나섰다. 낡은 마룻바닥이 길게 이어진 복도를 빠져나가 1층 문으로 향하는 동안 사람은 보이지 않았다. 다들 주정뱅이 방에서 주정뱅이에게 소리 지르느라 바빴기 때문이다.

　여관 문을 나서자마자 허름한 가게 안에 앉아 있는 남자가 보였다. 그는 가게 밖을 오가는 사람들에게 눈길을 주었지만, 딱히 그 누구에게도 관심을 갖는 것 같지는 않았다. 그러다 그의 시선이 여관 앞에 서 있는 로미오에게 멈췄다. 로미오는 기계적으로 그의 가게로 걸어갔다.

"무슨 일입니까?"

남자가 가래가 끓는 목소리로 물었다.

"온몸의 혈관으로……."

"예?"

"신속하게 퍼지는 독약을 주게."

남자는 놀라지도 않고 주위부터 살폈다. 다행히 그 길을 지나 다니는 사람이 없다는 걸 확인한 후에야 로미오의 팔을 이끌어 가게 안으로 들어서게 했다.

"줄 수는 있으나…… 그리하면 만투아의 법으로 전 사형을 당할 겁니다."

"어차피 세상이나 세상의 법은 네 편이 아닌데 뭘 그렇게 두려워하나? 이걸 받아. 금화 오십 냥이야. 이 돈이면 가난 같은 건 네 근처에서 얼씬도 못할 거야."

"누구를 죽이려 하는 겁니까?"

"그것까지 말해야 하나?"

"독으로 인한 살인이 나면 제가 제일 먼저 의심을 받을 테니까요."

"그런 걱정이라면 가볍게 거둬. 이곳에서는 아무도 죽지 않을 테니까."

"혹시…… 나리 스스로?"

"점쟁이 노릇까지 할 텐가?"

남자는 더 이상 아무것도 묻지 않았다. 금화가 든 주머니를 받아 챙기곤 가장 높은 선반에서 손가락만한 유리병을 꺼냈다.

"이것을 액체에 탄 다음 끝까지 마십시오. 그럼 살아 있는 자의 숨결이 그대로 끊어질 것입니다."

"고통 없이?"

"예, 고통 없이요."

"그리고 즉시?"

"예, 즉시요."

로미오는 궁핍함으로 푹 꺼져 있는 남자의 눈을 한 번 쳐다보고는 돌아섰다. 세상의 모든 경멸과 가난이 등줄기에 걸려 있어도 살아남는 자는 살아남을 것이다. 하지만 그는 살아남아야 하는 어떤 이유도 갖지 못했다. 이제 그에겐 품속에 넣어둔 독약만이 유일한 친구였다. 그와 마지막 시간을 보낼 수 있는, 가장 확실한 친구!

23
어긋나 버린 운명

"로렌스 신부님, 계십니까? 로렌스 신부님?"

로렌스는 존 수사의 목소리가 들리자 반갑게 문을 열었다. 그렇지 않아도 그를 기다리느라 눈이 빠질 지경이었던 것이다.

"로미오는 만났나? 내 편지는 전했어?"

손님을 안으로 들이는 것도 잊어버리고 로렌스는 그의 손을 덥석 잡고는 물었다.

"아, 그게……."

존 수사는 난감한 표정으로 말을 흐렸다. 그 순간 로렌스는 심장이 덜컥 내려앉았다. 일이 잘못되었구나. 하느님 맙소사.

어쩌나. 어찌하면 좋나!

"죄송합니다, 신부님."

"그 편지가 어떤 뜻인지 안다면…… 아니지, 자네를 탓할 일이 아니야. 내가 직접 갔어야 했어. 하지만 줄리엣과 파리스의 결혼식을 주관하기로 했기 때문에 그럴 수도 없었지."

로렌스는 혼잣말처럼 중얼거리며 의자에 털썩 주저앉았다.

"괜찮으십니까, 신부님?"

"난 괜찮아. 하지만 누군가는 괜찮지 않게 되었네."

"할 말이 없습니다."

"자넨 약속이라면 목숨만큼 중요하게 여기는 사람이지 않은가? 무슨 일이 있었던 건가?"

"만투아까지는 아무 문제없이 갈 수 있었습니다. 그런데 만투아의 검역관들이 저의 신분만 보고도 의심을 하더군요."

"무슨 의심을?"

"이곳에서 멀지 않은 곳에 역병이 창궐했다는 것은 아시지요?"

"그래, 그 때문에 군주께서도 고민이 깊으시지."

"교단의 신부 중 많은 사람들이 그곳에서 병자를 간호하고 있는 것도요."

"아멘! 하느님의 자식들이여."

"그러한 소식은 이미 만투아의 위정자들에게도 전해졌더군요. 그러다 보니 이곳 출신의 신부들에 대한 검열이 특히 심했습니다. 병자들의 집 안에 있었다고 의심을 하고서는 들여보내지 않더군요."

"불운한 일이구나. 불운한 일이야."

"도대체 무슨 일입니까? 그 편지에 어떤 내용이 있는 겁니까?"

"내 목숨만큼이나 중요한 내용이었네. 아니, 내 목숨보다 몇 배는 더 중요한 일이었지."

"아!"

로렌스는 자리에서 벌떡 일어났다. 어차피 일은 벌어졌다. 계획대로라면 세 시간이 지나 줄리엣은 깨어나게 될 것이다. 그런데 로미오는 이 모든 사실을 모르고 있다. 하지만 방법이 아주 없는 것은 아니다. 로렌스는 민망해 어쩔 줄 몰라 하는 존 수사에게 고개를 돌렸다.

"부탁이 있네."

"예, 말씀하십시오."

"쇠지레를 찾은 다음 그것을 여기로 가져다 주게."

"알겠습니다."

존 수사는 그것을 어디에 쓰려는지 궁금한 표정을 감추지 못했다. 하지만 그는 로렌스에게서 풍기는 깊은 고뇌와 절박한 분위기에 짓눌려 아무것도 묻지 않은 채 밖으로 나왔다.

혼자 남은 로렌스는 책상 앞에 앉아 편지를 쓰기 시작했다. 이제까지 일어난 모든 일을 로미오에게 설명하고 지금 자신이 캐퓰렛의 가족묘로 가 줄리엣을 데려 오겠다는 내용이었다.

"이번만큼은 제대로 전달이 되어야 할 텐데. 하느님의 가호가 이 편지에도 전해지기를."

24
덧없는 미련

파리스는 어제 아침의 일을 하나도 빠짐없이 기억하고 있었다.

침대에서 깨어나자마자 그는 신에게 감사의 말을 전했다.

하느님, 제게 아름다운 신부를 주셔서 감사합니다. 제가 그토록 원하던 여인을 아내로 삼게 해주셔서 감사합니다. 세상 모든 사람들이 사랑이 없다는 말을 해도 저는 그 말을 믿지 않을 것입니다. 머리끝에서 발끝까지 사랑스럽지 않은 부분이 없는 줄리엣을 저는 죽을 때까지 사랑할 테니까요.

벅차오르는 감정을 신에게 고백하는 순간의 그는 세상에서 가장 행복한 남자였고, 앞으로도 그럴 것이라는 데에 추호도 의심하지 않았다.

　캐풀렛의 저택으로 가는 길에서도 문득 하늘을 올려다보며 기도를 했다. 캐풀렛의 저택에 도착한 후에도 기도를 했다. 캐풀렛이 반갑게 맞이하며 거실의 소파에 앉기를 권하는 그 순간에도 기도를 했다. 이제 곧 줄리엣이 올 거네. 캐풀렛은 만면에 미소를 머금으며 말했다. 분명히 그렇게 말했다. 그 말을 듣는 순간에도 그는 기도를 했다. 하느님, 감사합니다. 그녀를 제게 주셔서.

　하녀가 가져다준 커피를 마시는 중에 로렌스 신부가 들어섰다. 그는 예식을 주관하는 신부답게 경건한 옷차림을 하고 있었는데, 가슴 아래까지 길게 늘어뜨린 묵주를 걸고 있었다. 펜던트로 걸려 있는 십자가는 붉은 빛이 감도는 나무였다. 십자가를 유심히 보고 있는데 그의 귓가에 찢어질 것 같은 비명소리가 들렸다.

　"줄리엣!"

　뒤이어 많은 사람들이 분주하게 복도를 오가는 소리가 들렸고, 몇몇 사람들의 울음소리가 집 안 곳곳에 퍼졌다. 웅성거림, 분주한 움직임, 그리고 계속해서 사람들이 입에 올렸던 줄리엣이라는 이름. 이 모든 것이 그에게 불길한 기운을 전해 주는 가운데 로렌스의 손이 십자가를 만지작거리는 것이 보였다.

뒤늦게 2층으로 달려갔다. 그의 뒤로 로렌스가 올라오고 있었다. 그때 그는 로렌스가 중얼거리는 소리를 들었다.

"하늘의 뜻이구나. 하늘의 뜻이야."

하늘의 뜻? 그는 빌어먹을 소리라고만 생각했다. 하늘의 뜻은 사람들의 한탄과 울음소리에 있지 않았다. 그리고 몇 초 지나지 않아 세상의 모든 것이 시끄러운 소리를 내는 가운데 오로지 줄리엣만이 고요한 모습으로 누워 있는 것을 보았다. 파리한 안색, 지독하게 하얗다는 생각이 들 정도로 희디흰 드레스, 방 안을 훤하게 밝히고 있는 아침 햇살. 그 모든 것이 희고 밝았고 깨끗했다. 하지만 그것은 죽음의 냄새를 풍겼다. 그가 오늘 결혼할 상대는 숨을 쉬는 여자가 아니라 잔인한 죽음이라는 것을 보여주기라도 하듯.

이후로 세상에서 가장 지루한 하루를 보냈다.

왜? 어째서?

매초 매순간 반복되는 질문이 그를 괴롭혔지만 시간은 가지 않았다. 시간은 죽은 자에게뿐 아니라 산 자에게도 오는 발걸음을 멈추었다. 하지만 그의 시간과는 상관없이 어둠이 내리기 시작한 창밖은 이내 캄캄해졌다. 이러다 내일이 오면 또 밝아질 것이다. 어둠과 빛이 교차하는 것으로 시간이 가는 것이라면 그에게도 분명 시간이 손을 내밀고 있는 것이리라.

죽은 자라면 결코 가질 수 없는 그 시간을.

파리스는 시동 한 사람만을 데리고 캐풀렛의 가족묘로 향했다. 산 자와 죽은 자의 시간이 다르고 그것을 받아들여야 한다는 것을 머리로는 알았지만, 그의 마음은 받아들이지 못하고 있었다.

가족묘 입구에 다다르자 파리스는 시동에게 말했다.

"그 횃불을 이리 주고 멀찌감치 물러서라."

"멀찌감치요?"

시동은 묘지와 어둠이 자아내는 한기에 적잖이 몸을 떨며 되물었다.

"만약 누군가 이곳으로 오는 기척이 느껴진다면 휘파람 소리를 내거라. 그 누구에게도 내 모습을 보이고 싶지 않아."

"예……."

시동이 물러난 후에야 파리스는 줄리엣의 무덤에 꽃을 뿌렸다.

"밤마다 무덤 위에 꽃을 뿌려줄 거요. 그대를 위해 내가 할 수 있는 일이 이것밖에 없다는 게 아쉽지만⋯⋯."

파리스는 말을 잇지 못하고 긴 한숨을 내쉬었다. 그러자 마치 박자를 맞추듯 시동의 휘파람 소리가 들렸다. 시동이 간 쪽으로 고개를 돌리자, 이편을 향해 빠르게 다가서는 두 개의 횃불이 보였다. 파리스는 재빨리 횃불을 끈 뒤 기둥 뒤로 몸을 숨겼다.

5분여가 지났다. 남자의 말소리와 쇠막대를 끄는 소리가 났다. 뒤이어 횃불이 일렁이나 싶더니 남자 두 명이 모습을 드러냈다.

"발사자."

남자 한 명이 다른 남자를 불렀다.

발사자? 발사자가 누구야?

파리스는 어둠에 기대어 슬쩍 얼굴을 내밀었다. 하인의 복장을 한 남자가 곡괭이와 쇠막대를 앞의 남자에게 주는 것이 보였다. 하지만 주인으로 보이는 남자는 뒤돌아 서 있었기에 그의 얼굴이 보이지 않았다.

"이제 넌 가봐. 아 참, 이 편지를 받아라. 내일 아침 일찍 아버지께 전해 줘."

"도련님은요?"

"아내의 얼굴을 볼 거야."

"제가 돕겠습니다."

"아내와 못 다한 이별을 혼자 할 수 있도록 날 내버려둬."

"하지만 도련님……."

"발사자, 불안해할 필요 없어. 아내가 죽었다고 따라 죽는 일은 하지 않을 테니까. 말 그대로 아내의 얼굴을 마지막으로 보고 싶은 것뿐이야."

아내? 누굴 말하는 거지? 파리스는 주인으로 보이는 남자가 가족묘의 돌문을 열 생각이라는 것을 알아차렸다. 하지만 누구를 보기 위해서? 줄리엣만큼이나 이른 죽음을 맞이한 여인이 있었던가? 그의 머릿속이 복잡하게 얽혀들었다. 누구지? 누구의 무덤인가?

"그럼, 도련님! 돌문을 여는 일은 제게 맡겨 주세요. 그런 다음 가겠습니다."

파리스는 기둥 뒤에서 숨을 죽이곤 곡괭이로 잠금장치를 깨트리는 소리를 들었다. 도대체 누구야? 밖의 상황이 어떤지 알 수 없는 상황에서는 다시 얼굴을 내밀기가 힘들었다. 그렇게 또 5분

여의 시간이 지났다. 돌문이 열리며 내는 둔탁한 소리가 들렸다.

"이제 정말 가봐."

"도련님."

"아내와 단둘이 있게 해 줘. 아내의 손에서 소중한 반지를 빼면 나도 곧 뒤따라갈 거야."

"하지만 도련님."

"왜 이렇게 말을 듣지 않는 거냐?"

"솔직하게 말씀드릴까요?"

"솔직? 그런 게 있다면 말해 봐."

"도련님이 지금 자기 얼굴을 보지 못해 안타깝습니다. 아주 무서운 표정을 짓고 있어요."

"횃불 탓이다."

"무슨 생각을 하시는 겁니까?"

"생각 같은 건 하지 않아. 줄리엣을 마지막으로 보고 싶을 뿐이야."

"하지만……."

"발사자, 내 말을 들어. 여기를 떠나. 계속 말을 듣지 않는다면, 맹세코 내 너의 마디마디를 찢은 다음 굶주린 이 성당 묘지에 네 사지를 뿌리고 말 거다.”

“도련님!”

“어서!”

“예, 알겠습니다. 더 이상 도련님을 괴롭히지 않겠습니다.”

하인은 웅얼거리듯 말했다. 그런 다음, 정말 주인의 곁을 떠나는지 타닥타닥 걷는 발소리가 들렸다. 그 얼마 후 혼자 남은 주인이 쇠막대로 관 뚜껑을 여는 소리가 났다. 두 명 중 한 명은 가버렸다. 파리스는 그제야 기둥 밖으로 고개를 내밀었다. 그때 마침 횃불을 든 남자의 얼굴이 똑똑히 보였다.

로미오? 로미오다!

파리스는 분노에 휩쓸린 나머지 온몸을 부들부들 떨었다.

“로미오!”

파리스가 칼을 뽑으며 기둥 밖으로 나서자 로미오는 놀란 표정을 짓더니 곧 무덤덤하게 말했다.

“날 건드리지 말고 가시오. 당신이 원하는 게 내 죽음이라면 곧 그렇게 될 것입니다.”

순간, 파리스는 로미오가 진심으로 그렇게 말하는 것을 알아차렸다. 그는 죽을 자리를 찾고 있다. 그의 하인이 불안해하며 차마 떠나지 못한 이유를 알겠구나. 하지만 그건 그의 사정이다. 죽어야 할 자리는 줄리엣의 무덤이 아니라 사형장이 되어야 한다. 아주 짧은 순간, 파리스는 그런 생각을 하며 로미오를 향해 칼을 휘둘렀다.

25
죽음에 더해진 죽음

　로미오는 자신의 칼에 덧없이 쓰러진 자의 얼굴을 확인하곤
한 발짝 뒤로 물러섰다.

"파리스 백작⋯⋯."

　머큐쇼의 친척이었다. 그리고 또⋯⋯. 로미오는 베로나로 돌
아오는 길에 발사자가 해준 말을 떠올렸다. 줄리엣과 파리스의
결혼, 결혼식 날 아침의 죽음⋯⋯. 대충 그런 종류의 이야기였
다. 하지만 그때만 해도 그는 오로지 자신의 죽음으로 줄리엣
의 외로움을 덜어 주어야겠다는 생각만 하고 있었기에 그 말들
을 귓등으로 흘려들었다. 아니면, 자신이 그런 이상한 꿈을 꾼

것인지도 몰랐다. 파리스와 줄리엣의 결혼, 하지만 결혼식을 올리기 전에 맞이한 신부의 죽음. 로미오는 어디까지가 현실인지, 또 어디까지가 꿈속의 일인지 알 수가 없었다. 지금 내려다보고 있는 것이 시체인지 아닌지, 자신이 정말 캐퓰렛의 가족묘 앞에 있는 것인지 아닌지까지도. 모든 게 몽롱했으며, 또 모든 게 명확했다.

그는 비틀거리는 걸음으로 돌문 안으로 들어섰다. 석실 안에는 족히 스무 개는 넘어 보이는 관들이 두 줄로 늘어서 있었다. 피부를 감싸 안는 공기는 서늘하면서도 어딘지 모르게 축축했다. 한기가 돌았다. 하지만 아무리 지독한 한기여도 지금 로미오의 눈동자만큼 서늘하지는 못할 것이다.

문에서 가장 가까이 있는 관은 그곳에 아름다운 여인이 누워 있다는 것을 보여주려 애를 쓰는 듯 결이 곱고 문양이 아름다운 나무로 만들어져 있었다. 그 안에 있는 것이 줄리엣임을 어렵지 않게 짐작할 수 있었다.

관 뚜껑을 열었다.

그토록 보고 싶어 했던 줄리엣은 생전의 아름다운 형체 그대로 누워 있었다. 마치 죽음도 그녀의 생기만은 빼앗지 못한 듯

했다. 정말이지 믿을 수 없을 만큼 여전히 고왔다. 죽은 것이 아니라 잠을 자고 있는 듯이 고요한 숨결이 느껴지기까지 했다.

줄리엣의 손을 잡았다. 따뜻했다. 하지만 그것은 자신의 온기 때문일 것이다. 아직은 살아서 줄리엣을 보고 있는. 그 때문에 온기는 그의 적개심을 유발했다. 어째서 한 사람은 죽었는데 한 사람은 살아남았을까? 어째서 그녀는 차갑게 식어 있는데 내 몸속의 피는 아직도 따뜻하게 도는 것일까? 그는 이런 생각을 하고 있는 순간조차도 저주했다. 생각을 한다는 건 살아 있다는 걸 증명하는 일이다. 살아 있다는 건 아직 그녀의 곁에 가까이 가지 못했다는 뜻이다.

분명 줄리엣은 그의 시선 아래에 놓여 있었다. 그의 손이 닿는 곳에 가까이 있었다. 바로 옆에, 보이는 곳에 그녀가 있었다. 하지만 멀었다. 서로의 얼굴을 서로 쳐다보지 못했기에 그는 혼자 남아 있는 것이다. 그녀 또한 혼자 죽음에 사로잡혀 고독한 시간 속에 놓여 있는 것이다.

"줄리엣, 이젠 내가 가요."

로미오는 마지막으로 줄리엣의 붉은 입술에 입맞춤을 했다. 따뜻한 기운이 감돌았다. 그 역시 자신의 온기 때문이리라. 이 온기가 그녀와 자신을 갈라놓는 벽이었다. 죽은 자를 온기가 있는 곳으로 이끌 수는 없지만 산 자는 온기가 없는 곳으로 갈 수 있다. 때문에 자신에게 남은 유일한 선택은 죽음일 수밖에 없었다.

로미오는 아무 망설임도 없이 약병을 꺼내 들었다.

고통 없이, 빠르게.

남루한 약장수는 그렇게 말했다.

한 방울의 약물도 남기지 않고 마셨다.

"약장수가 날 속이지 않았구나."

로미오는 흐려지는 의식을 붙잡으며 줄리엣의 입술 가까이 자신의 입술을 대었다.

"마지막으로……"

하지만 마지막이 아닐 겁니다. 지금 당신 곁으로 갑니다.

그는 무겁게 감기는 눈꺼풀 속에서도 베란다 위에 서서 자신의 이름을 불러 주었던 줄리엣의 아름다운 모습을 바라보았다. 그리고 심장이 멈추는 것을 느꼈다. 죽음, 이제야 내가 네 친구가 되었구나. 그들을 죽이고, 그녀가 죽고…… 뒤이어 내가…….

† † †

"원, 이래서야 원……."

로렌스는 줄리엣이 깨어나기 전에 도착하지 못할까, 어찌나 마음이 급했던지 노쇠한 다리로 빨리 걸으려 애를 썼다. 하지만 그의 몸은 그의 마음을 따라주지 못했다. 게다가 한 손에는 등불을, 다른 한 손에는 쇠지레와 삽을 들었기에 발걸음은 어느 때보다 무겁기만 했다. 그런데 갑자기 사람의 형상을 한 검은 물체가 등장하는 바람에 그는 거의 정신줄을 놓을 만큼 놀라서는 뒷걸음을 쳤다.

"누, 누구요?"

"신부님, 놀라지 마세요. 로미오님이 제 주인님입니다."

"로미오? 로미오가 여기 왔나?"

"예, 줄리엣 아가씨의 소식을 듣고는 곧바로 달려왔죠."

"이곳엔 언제 도착했나?"

"반 시간 전에요."

"다행이구나, 다행이야."

"뭐가 다행인지 모르겠지만…… 도련님의 표정을 보면 그런 말씀은 싹 사라질 겁니다."

"무슨 소린가?"

"글쎄…… 그게……."

"이러고 있을 시간이 없다. 어서 납골당에 가보자."

"전 감히 못 갑니다. 도련님은 제가 여길 떠난 줄 알고 있어요."

"혼자 있으려고 했단 말인가?"

"예, 그랬죠."

순간, 로렌스는 불길한 예감에 가슴이 서늘해졌다.

"그런데 신부님, 도련님이 걱정되어 이곳을 떠나지 못하고 있다가 잠깐 잠이 들었거든요. 그런데 도련님이 누군가와 싸우는 꿈을 꿨습니다."

"싸워?"

"예, 칼 소리까지 들렸죠. 결국 주인님이 상대방을 찔러 죽이고……."

로렌스는 그대로 발사자의 말을 듣고만 있을 수가 없었다. 그는 온몸의 기력을 다 짜내어 캐풀렛의 가족묘로 향했다.

설마, 설마…….

불길함에 온몸이 달아오르는 듯했다. 차마 상상조차 할 수 없는 일이 벌어지고 만 것인가. 설마, 설마……

쇳덩어리 같은 게 발끝에 채였다. 그 바람에 반쯤 넘어진 그의 눈에 붉은 피가 고여 만든 작은 웅덩이가 들어왔다. 웅덩이까지 흘러내린 핏물의 길을 따라 시선을 돌렸다. 그곳에는 젊은 남자가 가슴에서 피를 흘리며 쓰러져 있는 것이 보였다.

"파리스 백작……"

파리스의 코에 손가락을 살짝 대보았다. 어떤 숨결도 느껴지지 않았다. 순간, 세상이 빙빙 도는 듯 어지러웠다. 겨우 일어나 섰지만 정말이지 한 발짝도 뗄 수가 없었다. 무서운 일이구나. 무서운 일이 벌어졌어. 비탄이 그의 심장을 옥죄었다. 하지만 언제까지 파리스의 시체 옆에서 넋을 놓고 있을 수만은 없었다. 그는 손에 든 연장들을 모두 버리고 석실묘 쪽으로 뛰기 시작했다.

26
우리가 함께 있을 수 있다면

"줄리엣, 줄리엣!"

줄리엣은 누군가 자신의 이름을 부르는 소리를 들었다. 로미오? 하지만 젊은 남자의 음성이 아니었다. 맑지도 않았고 선명하지도 않았다. 그러나 부드러웠다. 로미오? 또다시 그녀는 목소리의 주인이 로미오라는 생각을 했다. 세상에서 이처럼 부드러운 음성으로 자신을 불러 줄 이는 유일하게 그뿐이었다.

"눈을 떴구나. 눈을 떠어."

로미오가 아니었다. 그녀를 내려다보고 있는 얼굴은 깊고 옅은 주름으로 뒤덮여 있었다.

"로미오는요?"

그녀는 물었다. 깨어난 순간부터 무언가가 그녀의 가슴 위를 누르는 느낌을 받았다. 뒤이어 사람의 머리카락 같은 게 얼핏 보였다. 그것이 로미오일 수는 없다는 생각을 하면서 그녀는 다시 물었다.

"그이는요?"

심하게 흔들리는 로렌스의 눈동자, 몹시 추운 듯 파르르 떨고 있는 로렌스의 손. 그녀는 그러한 것들이 그녀가 지금 머릿속에 떠올린 불길한 일의 징조가 아니기를 간절히 바라며 또 물었다.

"신부님, 지금 제 가슴 위에 쓰러져 있는 남자는 누군가요?"

"줄리엣, 우리가 거역하지 못할 커다란 힘 때문에 우리의 뜻은 좌절되었다. 여길 떠나자. 지체할 시간이 없어. 이제 곧 야경꾼이 올 거다."

"아직 제 질문에 말씀해 주시지 않았어요."

"줄리엣, 애야. 우린 지금 당장 이곳을 나가야 해."

줄리엣은 자신을 일으켜 세우려는 로렌스의 팔을 뿌리쳤다. 중심을 잃은 로렌스는 쓰러지지 않기 위해 관을 잡았다. 그와 동시에 관이 기우뚱하는가 싶더니 옆으로 엎어지고 말았다. 관에서 튕겨 나와 바닥으로 넘어지는 순간, 줄리엣은 자신의 가슴 위에 쓰러져 있던 남자의 얼굴을 봤다.

로미오!

차마 입술이 떼어지지 않았다.

로미오!

무릎걸음으로 달려가 그의 시신을 안았다. 세상에서 이처럼 창백한 얼굴이 있을까. 세상에서 이처럼 차가운 몸이 있을까.

"아, 누군가 이곳으로 들어서려 하는구나. 밖의 상황을 알아봐야겠다. 잠시만 있어 보렴."

로렌스가 조심스러운 발걸음으로 석실문 쪽을 향해 갔다.

"그래요. 가요. 어서 가요, 나도 갈 테니. 로미오, 독을 마셨어요?"

줄리엣은 로미오의 곁에 떨어져 있는 병을 보고는 물었다. 뒤이어 그녀는 로미오의 몸을 조심스럽게 바닥에 누이고 병을 잡아들었다. 병 속에는 한 방울의 독약도 남아 있지 않았다. 또 죽음! 하지만 자신의 침실에서 마주 보아야 했던 죽음처럼 두렵지는 않았다. 그녀의 옆에는 그가 있었다. 그녀보다 먼저 앞

서 간 그가 그녀를 기다리고 있을 것이다. 하지만 어떻게, 독약도 없이 어떻게 그의 곁으로 갈 수 있을까? 그녀는 마지막 희망을 걸고 로미오의 입술을 바라봤다. 아직까지는 붉은 기운이 감도는 입술은 살짝 벌어진 채 그녀의 숨결을 받으려 기다리고 있는 듯했다.

"당신의 입술엔 남아 있겠죠?"

그녀는 고개를 숙이고 로미오의 입술에 자신의 입술을 맞추었다. 입술에 남아 있는 독약을 탐하는 순간, 그녀는 자신이 그 어느 때보다 간절히 로미오를 원한다는 걸 깨닫고 또 깨달았다. 하지만 그의 입술에 남은 독약은 그녀를 죽음으로 이끌어 주기엔 너무나 미미했다. 그녀는 아쉬운 한숨을 내쉬며 주위를 둘러보았다. 그러다 로미오가 옆구리에 차고 있는 칼이 눈에 들어왔다. 칼집에서 칼을 뽑자, 이미 누군가의 피로 얼룩져 있는 칼날이 보였다. 그 피에 자신의 피까지 합하면 칼은 완전한 붉은 색을 띠게 될 것이다. 그녀는 칼날을 자신의 가슴팍을 향해 겨누었다. 이내 로미오 위에 쓰러지며 로미오를 꼭 껴안았다. 로미오, 계속 이렇게 함께 있어요. 로미오는 아무 대답 없이 따뜻하면서도 사랑스러운 손길로 그녀의 머리를 쓰다듬

어 주는 것 같았다. 그 순간, 줄리엣은 칼을 잡은 두 손에 힘을
줬다. 뒤이어 자신의 가슴팍으로 깊게 들어서는 칼날의 외침을
들으며 그녀는 그대로 로미오 위로 쓰러졌다.

27
진실한 사랑의 끝

로렌스는 석실묘를 나서자마자 한 무리의 야경꾼들과 마주쳤다. 서로 흠칫 놀라는 가운데 파리스의 시동이 소리쳤다.

"이곳입니다. 이곳에서 우리 주인님이……."

시동은 쓰러져 있는 파리스를 발견하고는 그 앞으로 달려갔다. 뒤이어 야경꾼의 우두머리가 파리스가 죽은 것을 확인하곤 여전히 로렌스와 대치하듯 서 있는 야경꾼 한 명에게 명을 내렸다.

"저 신부님을 잡아라. 이곳에서 살아 숨쉬는 것들이 있다면 전부 다 잡아. 그리고 넌 군주님께 알려라. 다른 사람들은 석실묘 안으로 들어가 봐. 아무래도 수상쩍다. 굳건히 닫혀 있어야 하는 문이 열려 있다니.”

　야경꾼 두 명이 석실 안으로 들어서는 것을 보며 로렌스는 깊은 한숨을 내쉬었다. 줄리엣만이라도 이 고통스러운 운명에서 피할 길을 마련하려 했건만⋯⋯. 하지만 야경꾼들이 줄리엣을 발견하는 건 이제 시간문제였다.

　“도대체 무슨 일입니까, 신부님? 백작은 왜 죽어 있는 겁니까? 그리고 당신은 왜 저곳에서 나온 겁니까?”

　야경꾼의 우두머리가 물었지만 로렌스는 아무 말도 할 수가 없었다. 그때 마침 키가 작은 야경꾼 하나가 발사자를 끌고 와 그의 옆에 앉혔다.

　“이 남자는 뭔가?”

　“로미오의 하인이랍니다.”

　“로미오? 그는 추방당한 자가 아닌가?”

　“그런데 이곳으로 왔다고 하더군요.”

　“이곳? 도대체 일이 어떻게 돌아가는 거야? 신부님, 뭐라 말씀 좀 해보십시오.”

　그때였다. 석실묘 안에 들어갔던 남자 둘이 밖으로 뛰쳐나왔다.

"죽어 있습니다."

"무슨 소리야? 묘에 있는 자들이니 죽은 자들이겠지."

"그게 아니라……."

"제대로 말해."

"몬터규 가의 로미오가 죽어 있었어요."

"로미오?"

"오, 도련님! 우리 도련님이……."

"그리고 또……?"

"캐풀렛 가의 줄리엣이 죽어 있었어요."

"무슨 소리를 하는 거야? 그녀는 어제 죽었어."

"그러니까 그게, 어떻게 말을 해야 하나……. 약을 먹고 죽은 줄리엣이 칼에 찔려 또 죽었다고요."

'죽은 자가 또 죽어 있다.'라는 말이 그곳에 있는 사람들에게 주었던 건 섬뜩함이었다. 죽은 자가 살았다. 그리고 죽었다. 이게 어떻게 된 일인가? 도깨비놀음인가, 아니면 신의 장난인가? 감히 석실묘 안으로 들어서지 못하고 서로의 눈치만 봤다. 하지만 로렌스만은 그 말의 의미를 정확하게 파악했다.

줄리엣이…… 줄리엣이 결국…….

어떻게 생각하지 못했을 수가 있었을까. 그녀가 로미오를 따라 가리라는 것을? 내가 어떻게, 그것을 놓칠 수가 있었던 것일까?

로렌스는 오열했다. 젊은 목숨들이 이처럼 손쉽게 사라져 버리는 것을 속수무책으로 바라봐야만 했던 시간을 되돌릴 수만 있다면 모든 것을 내놓아도 아깝지 않을 것이다. 하지만 무엇으로 시간을 되돌릴 수 있단 말인가. 어떻게, 그들을 살려 놓을 수 있단 말인가.

"넌 캐퓰렛 저택으로 가고, 넌 몬터규 저택으로 가라. 그들에게도 이 소식을 알려라."

우두머리의 지시를 받은 야경꾼들이 어둠 저편으로 사라졌다. 뒤이어 우두머리는 그때까지도 고개를 숙인 채 오열하는 로렌스의 어깨를 잡고는 나지막한 음성으로 말했다.

"비탄이 일어난 장소는 알겠지만, 이 비탄의 진정한 진원지는 정황을 모르고는 밝혀낼 수가 없군요. 신부님, 군주님이 오시면 이처럼 침묵을 지킬 수는 없을 겁니다."

"알아. 알고 있네. 군주님께 모든 일을 다 말씀드릴 생각이네. 내가…… 내가 마지막으로 지켜야 했던 사람도 죽어 버렸으니…… 더 이상 침묵을 지켜야 할 이유도 없네."

"예, 그러셔야 할 겁니다. 아니면, 이 모든 살인의 죄는 당신과 저 하인 놈이 지게 될 테니까요."

발사자는 어찌나 놀랐던지 눈을 동그랗게 뜨고는 황급히 말했다.

"아, 아닙니다. 전……."

"긴지 아닌지는 군주님께서 판단하실 거야."

우두머리는 차갑게 쏘아붙이곤 일어섰다.

"신부님……."

로렌스는 도움을 요청하는 발사자의 어깨를 토닥였다.

"걱정하지 말게. 이 모든 일의 처음과 끝을 다 말할 테니까."

이후로 그곳에 있는 사람들 중 어느 누구도 한동안 말을 하지 않았다. 점점이 붉은 빛이 감도는 달과 떼를 지어 이동하는 것 같은 수십만 개의 별들, 바람이 불 때마다 온몸을 흔들어대는 횃불이 있었지만, 그곳에 있는 사람들에게 묘지는 불빛 한 점 들어오지 않는 동굴처럼 어둡고 습기 찬 공간으로만 느껴졌다.

꽤 오랜 시간이 지났고, 그 시간만큼 쌓인 침묵에 다들 지쳐갈 무렵이었다. 군주와 그의 기사들, 캐퓰렛 부부와 몬터규가 죽음의 냄새를 풀풀 풍기고 있는 그 공간으로 들어섰다.

야경꾼 우두머리가 군주 앞으로 달려가는 것과 동시에 캐풀 렛 부부와 몬터규는 석실묘 안으로 부리나케 들어갔다. 뒤이어 그들이 토하는 비탄의 소리가 묘지 전체를 뒤덮었다. 군주도 야경꾼 우두머리의 안내를 받으며 석실묘 안으로 들어섰다.

"세상에 어떤 불운이 이처럼 잔혹할까."

군주의 한탄에 몬터규는 그대로 무너지듯 주저앉아서는 절망 적으로 소리쳤다.

"아아. 전하! 제 아내는 아들의 추방 소식에 한탄하다 어제 숨 을 거뒀습니다. 그런데 지금은 아들의 죽음을 보고 있군요. 이런 못된 놈이 있다니, 이런 못난 놈이……. 아비를 앞서서 무덤 으로 가다니."

"몬터규, 잠시만, 잠시만 슬픔을 참아내시오. 다른 사람들도 마찬가지요. 캐풀렛, 그리고 캐풀렛 부인, 지금은 비탄의 목소 리를 높일 때가 아니오. 도대체 어떻게 이런 일이 발생하게 되 었는지 알아야겠소."

군주는 자식을 잃은 부모들의 애통함을 모르는 바는 아니었 으나 모호하기만 한 이 살인 사건의 진상을 파악해야 했다. 그 는 현장의 최초 발견자이자 고발자인 야경꾼의 우두머리에게 이 모든 일의 시작과 끝이 어떻게 되는지를 물었다. 하지만 야경꾼의 우두머리 또한 군주만큼이나 아는 게 없었기에 자신이 본 건 그저 젊은 시체들뿐이었다고 반복해 말했다.

"그렇다면 도대체 누가 이 불운에 관해 말해 줄 수 있는가? 의심 가는 자들을 이리로 데려오라."

군주의 명을 받은 기사는 로렌스와 발사자를 끌고 왔다.

"로렌스 신부, 그대는 어떻게 여기에 있게 된 건가?"

로렌스는 군주의 뒤에서 하인들의 부축을 받으며 겨우 서 있는 몬터규와 캐퓰렛, 캐퓰렛 부인을 차례차례 보았다. 그들은 슬픔보다 더 깊은 고통에 온몸을 내맡긴 사람들처럼 하얗게 질려 있었고, 또 사시나무 떨 듯 떨고 있었다. 로렌스는 질끈 눈을 감았다. 추우면서도 뜨거웠다. 하늘과 땅이 빙빙 돌며 그의 몸 안에 있는 피를 모조리 다 끌어내는 것 같기도 했다. 목이 말랐다. 물을 마시는 것으로 해결되는 갈증은 아니었다. 울컥울컥 올라오는 신물을 겨우 넘기며 그는 천천히 눈을 떴다.

"간단하게 말하겠습니다. 저기 죽은 로미오는 줄리엣의 남편이며, 저기 죽은 줄리엣은 로미오의 아내입니다."

"내 딸이 그럴 리가 없어!"

당장이라도 로렌스에게 달려가 멱살을 잡을 기세로 캐풀렛이 소리쳤다. 캐풀렛 부인은 또다시 울음을 터뜨렸고, 몬터규는 곧 쓰러질 사람처럼 휘청거렸다.

"제가 결혼을 시켰습니다. 그런데 신혼 첫날이 티볼트의 제삿날이 되어버렸죠. 그로 인해 로미오는 도시에서 추방됐고, 줄리엣은 티볼트가 아니라 로미오를 위해 애태웠습니다. 그런데도 당신들은 그녀를 파리스 백작에게 강제로 결혼시키려고 했지요. 줄리엣은 제게 와서 두 번째 결혼을 면해 줄 모종의 수단을 마련해 달라고, 그렇게 하지 않으면 제 사택에서 자살을 하겠다고 말했습니다. 고민 끝에 그녀에게 하루 동안 죽은 것처럼 잠들 수 있는 약을 주었죠. 한편, 저는 로미오에게 이 소식을 전하려 했습니다. 하지만 제 편지는 전해지지 않았죠. 그녀가 깨어나기로 예정된 시간이 되자 제가 직접 온 겁니다. 줄리엣 혼자 죽은 자들의 세상에서 깨어나는 것을 막고 제 사택에 은밀하게 감춰두려 했지요. 하지만 제가 여기로 왔을 때, 파리스와 로미오는 이미 죽어 있었습니다. 뒤이어 그녀가 깨어나 로미오의 죽음을 보고는 충격을 받았죠. 하지만 그때 전 그녀 옆에서 그녀를 지키기보다는 석실묘 밖에서 들리는 인기척에

주의를 기울였습니다. 그 사이에 줄리엣은 로미오의 칼로 자신의 심장을 찌른 겁니다. 지금껏 제가 말한 것이 이 모든 일의 진실입니다. 유모가 잘 압니다. 이번 일에 무언가 본인의 잘못으로 틀어진 게 있다면, 이 늙은 목숨을 최고로 가혹한 법에 따라 바치고자 합니다."

로렌스의 고백을 들은 사람들 중 그 누구도 한동안 말을 잇지 못했다. 석실묘 안은 묘지의 본질에 충실한 침묵에 휩싸였고, 그 침묵은 살아 있는 사람들도 죽은 사람들처럼 만들어버렸다.

얼마쯤 시간이 지났다. 그제야 군주가 천천히 입을 뗐다.

"우리는 당신을 성자로 알았소. 당신 말만으로는 이 모든 일을 증명할 수는 없는 일이오. 발사자, 네가 말해 보라."

발사자는 군주의 입에서 자신의 이름이 나오자 흠칫 놀라서는 로렌스를 보았다. 로렌스는 고개를 끄덕여 보이는 것으로 그에게 알고 있는 그대로를 말하면 된다는 뜻을 내비쳤다. 발사자는 바짝 마른 입술을 혀로 살짝 축인 후 말을 하기 시작했다.

"도련님께 줄리엣 아가씨의 죽음을 전했습니다. 그러자 주인님은 만투아를 떠나 바로 이곳으로 오셨지요. 이 편지를 부친께 전하라 명을 하고, 자신을 따라 석실묘에 들어오면 죽이겠다고 위협했습니다."

발사자가 건네준 편지를 읽는 동안, 군주는 몇 번이나 한숨을 내쉬며 무서운 눈길로 캐퓰렛과 몬터규를 쳐다봤다. 그러는 한편, 자책의 말을 중얼거리기도 했다.

"이 편지로 보건대 로렌스 신부의 말이 맞다. 그들의 사랑과 그녀가 죽은 소식, 그리고 가난한 약장수에게 독약을 샀으며 그걸 가지고 죽을 생각이라는 이야기 등이 다 적혀 있구나. 이 원수들, 어디 있느냐? 캐퓰렛! 몬터규! 하늘이 당신들의 기쁨을 사랑으로 죽였으니, 당신들의 미움에 어떤 천벌을 내렸는지 보라. 나 또한 당신들의 불화에 눈을 감은 대가로 한 쌍의 친척을 잃었다. 모두가 벌을 받았구나."

또다시 침묵이 그 공간을 채웠다. 다들 아무도 입을 열지 않았지만 그들의 머릿속은 각자 다른 이유로 소란스러웠다. 자책과 후회, 비통함과 한탄이 온갖 언어로 그들의 마음을 괴롭혔다. 이번엔 캐퓰렛이 가장 먼저 움직였다. 그는 하인의 부축을 받고도 몸을 가누지 못하는 몬터규에게 다가섰다.

"몬터규, 나의 사돈, 손을 잡읍시다. 이것이 내 딸의 유산입니다. 이 이상 더 무엇을 바라겠습니까?"

몬터규는 뜨거운 눈물로 짓무른 눈꺼풀을 겨우 뜨고는 캐퓰렛의 손을 잡았다.

"저는 그 이상을 드리겠습니다. 그대의 딸의 동상을 세워, 진실하고 절개가 굳은 줄리엣의 이름을 세상이 찬양하도록 하겠소."

"그러면 로미오의 동상은 제가 만들지요. 둘을 나란히 세울 것이오."

몬터규와 캐퓰렛은 오랜 시간 동안의 반목을 그제야 깨트리며 서로 부둥켜안았다. 그들이 가장 아끼는 것을 내준 후에야 가지게 된 평화였다. 하지만 그 평화에 서린 비통함은 그들이 사는 내내 깊은 흉터처럼 남아 있을 터였다. 가장 사랑했지만 온전히 지키지 못했던 젊은 그들을 어떻게 잊을 수 있을까? 매일 매 순간, 바람이 불면 바람이 부는 대로, 볕이 좋으면 볕이 좋은 대로 생각이 날 그 아름다운 연인을.

지은이 윌리엄 셰익스피어

영국의 시인이자 극작가. 그가 위대한 작가로 추앙받게 된 데에는, 운 좋게도 풍부한 문학적 자양분을 제공하는 시대에 태어났다는 점도 한몫한다. 엘리자베스 여왕이 지배하던 영국의 16세기 후반은 문예 부흥기일 뿐 아니라 국가적 부흥기였다. 성숙한 문화적 분위기, 역동적인 사회가 던져주는 풍부한 소재들은 셰익스피어의 작품 곳곳에 녹아들었으며, 이를 통해 그의 작품들은 문학 작품 이상의 사회와 역사에 대한 참고서 역할까지 하게 된다.

그에게 세계 최고의 극작가라는 명성을 안겨준 『로미오와 줄리엣』, 『햄릿』, 『리어 왕』, 『한여름 밤의 꿈』, 『베니스의 상인』 등의 작품을 남긴 것으로 유명하다.

편 김미조

소설 동인 '우듬지'에서 활동했다. 인터넷 한겨레 하니 리포터에서 소설 『먹히기 싫은 식빵 아무나의 사색』을 연재했으며, 지은 책으로는 소설집 『천국의 우편배달부』, 수필집 『엄마의 비밀 정원』이 있다.

그린이 규하

최초의 순정만화 잡지 『르네상스』 신인 코너로 데뷔. 단편만화와 일러스트 위주의 작업을 해오다 삼성출판사의 『신데렐라』를 시작으로 동화 일러스트계에 입문했다. 『아라비안 나이트』, 『셰익스피어 이야기』, 『눈의 여왕』, 『인어 공주』, 『걸리버 여행기』, 『피터 팬』, 『성냥팔이 소녀』 등 많은 명작의 그림 작업을 하였다.

로미오와 줄리엣 아름다운고전시리즈 ⑱

지은이 | 윌리엄 셰익스피어　**편** | 김미조　**그린이** | 규하
펴낸이 | 김종길　**펴낸 곳** | 인디고
책임편집 | 이은지　**편집부** | 이은지, 이경숙, 김보라, 김윤아　**마케팅부** | 성홍진
디자인부 | 손소정　**관리부** | 김예솔　**홍보** | 김민지
출판 등록 | 1998년 12월 30일 제2013-000314호　**주소** | (04029) 서울특별시 마포구 월드컵로8길 41 (서교동483-9)
홈페이지 | indigostory.co.kr　**전화** | (02)998-7030　**팩스** | (02)998-7924
이메일 | geuldam4u@geuldam.com　**블로그** | http://blog.naver.com/geuldam4u
페이스북 | https://www.facebook.com/indigo.geuldam　**인스타그램** | geuldam
초판 인쇄 | 2014년 1월 5일　**초판 8쇄 발행** | 2023년 3월 25일　**정가** | 14,800원
ISBN 978-89-92632-76-8 03840

이 도서의 국립중앙도서관 출판시도서목록(CIP)은 e-CIP홈페이지(http://www.nl.go.kr/ecip)와
국가자료공동목록시스템(http://www.nl.go.kr/kolisnet)에서 이용하실 수 있습니다.(CIP제어번호: CIP2013026748)